公元787年，唐封疆大吏马总集诸子精华，编著成《意林》一书6卷，流传至今
意林： 始于公元787年，距今1200余年

意林®轻文库

青春最美，梦想出发
中国式好看轻小说优鲜品牌

图书在版编目（CIP）数据

十二花信·霓裳风华录.海棠篇：一品书女.1 / 雷一茗著. -- 长春：吉林摄影出版社, 2018.12
（意林·轻文库.绘梦古风系列）
ISBN 978-7-5498-3927-8

Ⅰ.①十… Ⅱ.①雷… Ⅲ.①长篇小说—中国—当代 Ⅳ.①I247.5

中国版本图书馆CIP数据核字(2018)第287305号

十二花信·霓裳风华录 海棠篇：一品书女①
SHI'ER HUAXIN·NICHANG FENGHUA LU　HAITANG PIAN:YIPIN SHUNU ①

著　　者	雷一茗
出 版 人	孙洪军
总 策 划	安　雅　张　星
责任编辑	王维夏
图书统筹	空心菜
特约编辑	魏　娜
绘　　图	长　乐
书籍装帧	袁　萌
图书设计	李　成
开　　本	700mm×1000mm　1/16
字　　数	300千字
印　　张	11
版　　次	2018年12月第1版
印　　次	2018年12月第1次印刷

出　　版	吉林摄影出版社
发　　行	吉林摄影出版社
地　　址	长春市泰来街1825号
	邮编：130062
电　　话	总编办：0431-86012616
	发行科：0431-86012602
网　　址	www.jlsycbs.net
经　　销	全国各地新华书店
印　　刷	晟德（天津）印刷有限公司
书　　号	ISBN 978-7-5498-3927-8　　定价：28.80元

版权所有　侵权必究
如发现印装质量问题，请与印务部联系退换，电话：010-51908584

目录

- 001 ✦ 楔子
- 003 ✦ 第一章 公主殿下要出嫁
- 019 ✦ 第二章 遇强盗险象环生
- 035 ✦ 第三章 夜进藏书楼受惊
- 049 ✦ 第四章 平安少女的画像
- 067 ✦ 第五章 盛装赴宴巧周旋
- 085 ✦ 第六章 市集上主仆失散
- 099 ✦ 第七章 书斋奇遇闹尴尬
- 115 ✦ 第八章 躲危机远上求学
- 131 ✦ 第九章 一路折腾吃苦头
- 147 ✦ 第十章 欲救人山间涉险
- 163 ✦ 篇外篇 竹影深处风云动

楔子

花之主：宋书勤

花之信：海棠花

花之语：温和、坚忍

花之质：高贵优雅，与日争辉

花之引：端和公主因无意间得罪了当朝得势的贵妃，被迫远嫁岭南王世子，她不愿将自己的青春浪费在满布瘴气的蛮荒之地，故而在前往岭南的路上随情郎逃婚离开，留下木讷且有眼疾的陪读女官宋书勤代嫁。

眼看就要到南临城边上，宋书勤竟意外遭遇盗匪劫持，历经浩劫方进入岭南王府，却因此拖延了婚期，只得客居于府中。其间，她千方百计隐藏自己的身份，偏偏出于眼疾之故，屡次认错世子闵江，引起对方的误解和猜疑。后伴随一道圣旨的降临，此前侍奉公主的旧月宫人即将奉旨而来，顿时令她在王府的生活横生变数……

尽管危机重重，书勤宛若海棠花一般温和的外表下，却潜藏着海棠的坚忍不屈。痛定思痛，她决意摆脱公主的阴影离开王府，主动提出要随小公子闵漫前去春麓书院求学，以便借此机会拖延时间，为自己的离开做好准备。不知缘由的闵江，不放心闵漫和书勤的书院之行，隧化名跟随，且暗中调查书勤的底细，意欲查明她来岭南王府的真正目的……

第一章 公主殿下要出嫁

"书……公……公主……公主，不……不好了，强盗……强盗！"

随着卞姑姑惊恐的脸出现在车厢门口处，她整个人也立即冲进了车里，抑或说是摔进了车里，摔到了一位宫装少女的流苏裙边，甚至还将案几上一方开着盖的砚台扫到了她的身上。

被砚台砸到，少女身上那条做工繁复的鹅黄色流苏裙立即染上了一团乌黑肮脏的墨迹，只是此时她却顾不得自己身上的衣裙，而是眼疾手快地将桌案上的一本厚厚的线装书一把抓起，嗔道："姑姑，小心我的书！"

卞姑姑狼狈地从地板上爬起，看到到了这时候她还只关心书，顿时气不打一处来，真想就这样丢下她不管了，可下一刻，她还是一把抓住少女的手腕，急道："命都快没了，还要书做什么？快跟我走！"

"走？去哪里？"少女闻言一愣。

卞姑姑气结："你眼睛不好使，难道耳朵也聋了？强盗，强盗来了！你不跑，难道等着送死吗？"

"啊！强盗……"

少女才听清卞姑姑的话，她已经被拽着冲出了车门，跳下了马车，速度快到让她连帷帽也顾不得拿。

双脚一落在地上，听到周围的喊杀声和求饶声，少女才知道卞姑姑说的全都是真的，而此时卞姑姑已经拉着她冲向了一旁的草丛，打算借着草丛的遮掩逃命。

只是，虽然跑得狼狈不堪，可少女还是不敢相信竟然有人敢打劫皇家的车队，不禁低声道："姑姑，你真的确定他们是强盗？这可是大安朝公主的马车呀！而且过了这座山就到了寿芳镇，再向前就是岭南王府的所在地南临城了……"

他们一路跋山涉水，到了岭南地界又安全通过数个当地部族领地，什么事都没有发生，怎么可能眼看就要到南临城边上了，却遇到强盗了呢？

而且，就算是强盗，如今是太平盛世，又有谁有这个胆子敢打劫皇家公主的送亲车队，难道他真不怕大安朝廷和岭南王府的围剿吗？

根据大安律，盗抢者入刑，又伤人性命者，斩首；可若是侮辱皇家，那可是要被凌迟的！

不过显然，忙于逃命的卞姑姑完全没有注意到这点，她一直生活在宫里，遇到最多的不过是女人间的钩心斗角，哪碰到过如此阵仗，早就被变故吓得手忙脚乱。混乱间她还记得带着少女逃跑已经算是反应敏捷了，此时听到她还在啰唆，不禁惊怒道：

"那又如何？你刚刚没看到，李将军一上来就被他们一刀砍杀了！等轮到咱们，指不定就是脑袋了，不跑难道等着被杀吗？"

少女一脸怔愣："难道他们就不怕被凌迟处死？"

她的话提醒了卞姑姑，脚步也不由得一顿，只是，她的脚步停下了，少女却反而像是想起什么似的，眉头微皱了下，竟突然冲到了卞姑姑的前面，脚步也比刚才快了数倍，低喝道："不好，咱们快跑！"

卞姑姑虽然被少女突然的紧张弄得满头雾水，但既然她说跑，那她也跟着跑就是了。况且她本来就是要带她逃命的，只是，她们跑了没几步，却不想少女脚下一个趔趄，竟然摔倒在地，连带着卞姑姑也被她拽倒在地。而此时，强盗们已经发现她们两个跑了，有人指着她们逃离的方向大喊："大哥，那儿有两个女人跑了！"

这声音让少女心惊肉跳，很想立即站起来继续逃命，可她越是着急，腿脚似乎就越不听使唤，反而又连续摔了两次，等到第三次她终于站起来的时候，一个黑铁塔般的黑壮身影挡在了她们的前面，随后又有三个人一起过来将她们围在中间，将她们的去路堵得严严实实。

这几个人就像是四堵墙般，阻住了她们逃生的希望，紧接着只听那个黑铁塔般的男人用沙哑的嗓音阴阳怪气地说道："哟，还真是两个娘子。弟兄们，这一票咱们算是赚到了！"

周围立即传来一阵不怀好意的笑声，卞姑姑拉着少女向后退去，却被身后挡着的人推了回来，然后又引来一阵怪笑。

事已至此，卞姑姑只能硬着头皮道："你们……你们打算怎样？"

"我们打算怎样？"

几名强盗发出一阵哄笑，让人心中发毛，笑够之后，为首那个黑铁塔般的强盗眯着眼睛上下打量了她们一番，邪笑道："那就要看你们怎么伺候爷们了，哈哈哈！"

少女心中一寒，而此时卞姑姑终于回过些神来，想到刚才少女说的话，立即端起宫里掌事姑姑的架子，怒道："放肆，你们这些山野莽夫，可知眼前是谁？"

少女一个激灵，正要阻止她，卞姑姑却已经大声说道："这是大安朝的端和公主，前往岭南是要同岭南王世子成亲的，你们要敢对她不敬，就等着被凌迟处死吧！"

此话一出，少女暗道"糟糕"。

果然，卞姑姑的话让强盗头子愣了一下，脸上的淫笑也被惊愕所代替，可在须臾之后,却见他皮笑肉不笑地向前迈了一步,推开卞姑姑,一把将少女拉到面前,上上下下打量了她一番:"公主?她?哈哈,哈哈哈……"

他一把将少女推倒在地,而他周围的手下也跟着再次大笑起来。见她摔倒,卞姑姑急忙去扶,同时怒斥:"大胆,你们竟敢对公主无礼,你们……"

不等她说完,强盗头子的笑声戛然而止,随即他露出狰狞的表情,对身后不远处另外几个强盗大声喊道:"弟兄们,今天老子要大开杀戒,不管男女,车队里的人一个不留!"

说着,他已经挥舞着大刀向少女冲了过去,卞姑姑发出一声尖叫,立即抱住了她,而少女的眼中则全是绝望,从卞姑姑说出车队身份的那刻,她就知道会是这个结果。

这些强盗显然不知他们的身份,甚至一上来就杀了李将军,更让他们丧失了知道他们身份的最好机会。而这些强盗若是一直不知情,大概还会以为他们只是富贵人家的车队,留他们一命,或等着他们的家人来赎,再赚一笔。可如今这些强盗人也杀了,皇家的尊严也冒犯了,一切都木已成舟,这些人才知道真相……

那么,他们为了自保,就只有一个选择——杀人灭口!

只是,她根本就不是什么公主,又怎么能让卞姑姑为她挡刀?于是少女一下子抱住了卞姑姑,在同卞姑姑交换了位置后,又顺势挡住了她,然后少女认命地闭上了眼……

大安荣盛十年,荣盛帝第七女端和公主龙明君被指婚于岭南王世子闵江,可谓震惊朝野。荣盛帝更是陪送了二百五十六抬嫁妆,派羽龙军提前护送到岭南王府的所在地南临城,为公主出嫁开路。

公主下嫁,声势自然浩大,端和公主离开平安城那日,整个帝都万民空巷,全聚集在街头目送这位大安朝据说最美丽最有才华的公主离京。

之所以会出现这种盛况,因为在平安城的街头巷尾,早就流传着这位公主的美名。

自从五年前,公主的第一首诗文从宫中流传到了市井,她的才名便已经传遍了平安城,引得很多书斋偷偷售卖她的诗文字帖,甚至每当有新诗新文出现,便会引起城中文人骚客的热烈追捧,一掷千金。而等她及笄那日,当很多王孙公子得见她的真颜后,更是再次被她的美貌所倾倒。

于是从那时起，端和公主便成了平安城中众多王侯子弟魂牵梦萦之人，她的婚事也一直牵动着贵族百官的心。

在这些人中，据传端和公主同临安侯世子也是独子的周世最是情投意合，甚至临安侯已经在年初亲自为自己的儿子提亲了。不过可惜，短短数月之后，端和公主的婚事便定了下来，竟然不是临安侯世子，更不是平安城中任何一家王侯的公子世子，而是远在万里之外的岭南王世子闵江。

这个结果让平安城中的文人骚客唏嘘不已，大肆感慨红颜薄命。

谁不知道岭南自古以来就是蛮荒之地，不但山高水恶，更是大安朝有名的流贬之地，不然的话，当初大安开国的时候，太宗皇帝也不会将这里分封给一个外姓藩王。而如今，他们最美丽最聪慧的公主竟然要嫁到那种不毛之地，这同流放又有什么区别。

可唏嘘归唏嘘，自从荣盛帝登基之后，十年来杀伐果断，很有太祖遗风，朝中也从未有，或者说从未敢有忤逆他的人，他既然做出这种决断，自然有他的道理。只是如此一来，原本盛大的送亲仪式，衣着华丽的送亲队伍，却在众人眼中透出几分凄凉来，大有"风萧萧兮易水寒，壮士一去兮不复还"的悲壮。

平安城中的热闹自然是做给外人看的，随着离平安城越来越远，鼓乐声歇，华衣褪去，车队就剩下了漫长枯燥的赶路过程。

此番前往岭南，路上至少要消耗一个月的时间，纵然是皇家的送亲队伍，一些宵小也不敢轻易招惹，可越往南，越接近岭南地域，会遇到何种状况可就不好说了。

送亲使李将军深感自己责任重大，所谓穷山恶水出刁民，低调点儿总比高调要安全得多，故而，出了帝都界面，他索性让车队打扮成一般的商家家眷出行，只求能平安到达南临城。

当然了，即便如此，进入岭南界内的时候，他们还是被几个部落的武士拦过几次，而这时就不是低调能解决问题的了，李将军干脆亮明身份。好在每每此时，一听说是岭南王世子的未婚妻，大安朝的端和公主，这些部落不但会立即放行，有些好客的部落还会送上礼物，以及对岭南王和世子的祝福，所以也算是有惊无险。

昨日，他们通过了最后一个部落，已经找到了一个小镇上的驿站落脚，李将军说，再有五六日，他们就可以抵达南临城，等他们翻过琼山，到了寿芳镇，就可以向岭南王报信，让世子亲自带人来接了，到那时候他们便可再次恢复公主仪仗，风风光光地进入南临城。

经过一个多月的长途跋涉,眼看就要到达目的地,即便知道那里是有名的贫瘠荒凉之地,众人也会觉得松了一口气。更何况这一路走来,他们所闻所见似乎同以前听说的颇为不同,这岭南在岭南王的治理下也未必有他们之前想得那么糟糕。所以,大家的心情也远不如之前惶惶,反而都盼着快点儿到达南临城。

也或许是出于这个原因,走了一路闹了一路的端和公主,这几日终于渐渐安静下来,就连今日的晚膳也比之前多吃了许多,这让她的两名陪嫁宫女书勤和画意十分欣喜,从小看她长大的奶嬷嬷林氏,脸上的皱纹更是舒展开来,以为公主想通了,很是为她开心。

主子安生了,奴才们的日子自然也好过多了,侍候完公主梳洗,端和公主以想看会儿书为由,打发了随身侍候的宫女离开,她们也得以忙中偷闲,去说些悄悄话。正好一同陪嫁来的卞姑姑今晚借着驿站的厨房做了些糕点,还剩下了一些,两个女孩索性便应她之邀去了后厨吃点心。

卞姑姑做点心的手艺在整个大安皇宫都是有名的,这一路走来,尤其是到了岭南地界,她发现这里的玫瑰花鲜嫩肉厚,香气浓郁,当地人经常用它做果脯,她索性也采了些用来做糕点,竟然让她琢磨出了玫瑰蜜酥,然后她再配以玫瑰花茶,连公主吃了都赞不绝口。

吃一口软糯甜香的玫瑰蜜酥,喝一口清爽馥郁的玫瑰茶,书勤只觉得心满意足,然后眼神再次落在了手中拿着的《琼物志》上,看得津津有味。

不想,刚看了两眼却被卞姑姑一把夺过她手中的书,背在身后,嗔道:"你这孩子,我是请你来吃点心的,是请你来看书的吗?"

书被她夺走,书勤也不恼,而是笑嘻嘻地乞求道:"好姑姑,我知道你是来找我说话的,可我看着书也能同你们聊天呀,这书可是讲述岭南风土人情的,以后肯定用得着,我早就想看了,可这一路上公主殿下心情不好,我都不敢跟她提,今日好不容易向她求来了,明日可就要还回去了,您就行行好,还给我吧!"

听到书勤说得这么可怜兮兮的,卞姑姑有那么一刻心软了,差点儿就把书还给她了,可转念又一想,却重新硬下心肠,瞪了她一眼:"你这一心二用的本事我能不知?可你看这后厨里,光线昏暗,想要辨清人的五官面目尚且不易,又何况是这蝇头小楷。难道你忘了临行前太医是怎么同你说的吗?难不成你真想下半辈子啥也看不见?"

书勤和画意两个人从五年前一起侍候端和公主开始,就归卞姑姑管辖,不但这两个丫头亲密得如同姐妹,卞姑姑对她们也像是对待自己的亲侄女一般,十分照顾,时不时提点一番,有什么好东西也总想着她们。再加上卞姑姑家中已经没有亲人,此生都不打算出宫,三个人的关系更是胜于亲姑侄。而这次陪嫁名单里本来并没有卞姑姑,因为放心不下她们,她才自请陪着公主前往岭南,这更是让她们二人感动不已。

虽然卞姑姑语气严厉,可书勤知道卞姑姑是关心她,自然也不会生气。只是书勤向来爱书如命,这本书她今晚若是看不完,肯定是睡不着觉的,于是连忙哀求道:"好姑姑,我现在不看了行吗?我今晚值夜,反正也睡不安稳,一会儿我回公主房间的时候再看,这总可以吧,您就先还给我吧。"

听她这么说,卞姑姑才勉强罢休,不过将书丢回她手中时,还是忍不住嘟囔道:"并非是我多管闲事,刚刚在走廊上,你竟然把林嬷嬷和驿站的厨娘给认错了,那么近的距离你都能认错,说明你的眼疾又严重了,你若再不注意,真想小小年纪就瞎了吗,到时候,你能指望公主和林嬷嬷心疼你?"

"姑姑说的没错。"这个时候画意也帮腔道,"临走的时候太医说了,你这眼睛就是看书看坏的,咱们如今来了岭南,又去哪里找可靠的太医?你要是再不仔细些,日后眼睛若是真的坏了,可是哭都没地方哭去。到那个时候,就算在你面前摆上一座书山,你都没眼去瞧,急死你!"

这次,书勤是真的认识到事情的严重性了,立即将书放到随身携带的布包里收好,然后笑嘻嘻地专心吃起点心来。见她终于听劝,卞姑姑和画意也不再多说什么,三个人闲聊起这一路上的人情风貌来,不由得越聊越开心。

不过几人正说得兴高采烈,画意却突然沉默起来,仿佛有什么心事,见她不说话了,书勤忍不住问道:"画意,怎么了,可是想家了?"

画意对她们一笑:"我同姑姑一样,从进宫那日就已经无家可归了,公主在哪里我就在哪里,那就是我的家。我只是有些担心……"

说着说着,画意的眉头皱了起来。

"担心什么?"卞姑姑很是了解她们两个,知道画意脾气温和、心思缜密,若非她觉得严重的事情,极少会露出这种担忧的表情,于是立即问道。

"我只是担心……"画意像是下定什么决心似的,终于说道,"姑姑,你有没有觉得最近这几日公主有些奇怪?"

要说公主与之前的不同，怕是只有她的心情似乎略好了一些，之前那一个月，她只要有机会，就一定会哭哭啼啼的，盘子碗儿碟儿什么的，更是被她摔了不计其数，每当这时候，吓得她们连大气儿都不敢出。而最近这几日居然相安无事。不过林嬷嬷不是说了，公主应该是想通了，认命了，这才没有再闹，这对她们来说不是好事吗？

但是想归想，卞姑姑知道，画意绝不会无的放矢，对公主也是忠心耿耿，断不会突然说出这种话来，立即问："怎么了，难道你发现了什么不妥？"

画意向左右看了看，然后压低声音，用只有她们几人能听到的声音说道："书勤姐姐，你这几日值夜的时候，有没有发现可疑的黑影在公主的寝室门口晃来晃去的？"

公主喜欢安静，即便是在宫里的时候，她也只允许一个宫女在她的寝宫里值夜，其他人都要躲得远远的，故而当值的值夜宫女需要值一整夜，从未有过换值一说，所以，一般情况下都是精力相对充沛的年轻宫女来做这件事情。

公主这个习惯即便是离开了平安城也未曾改变，所以，这一路走来，只有书勤和画意两人轮流做这差事，因此，画意也只能问书勤。

"公主的寝室门口？"书勤怔了怔，然后苦笑，"画意妹妹，就算有，只怕我也看不清的，我的眼睛，你知道的……"

"黑影？什么黑影？"虽然没见到，但画意说的情况若是真的，却不是小事，卞姑姑立即皱了皱眉，"你可是瞧出了什么？"

听到书勤说没看到，画意脸上露出一丝失望，但犹豫再三后，她还是向卞姑姑说了实话："不知道是不是我多心了，我总觉得那个黑影，像……像……"

"像什么？"

这次，画意靠近卞姑姑的耳边，轻声说了几个字。

书勤眼见着卞姑姑在听到这几个字后打了个激灵，然后瞪大眼睛看向画意："怎么可能？这马上就要到岭南了，他来这里做什么？"

瞥了旁边的书勤一眼，画意垂下了眼皮，低声道："我也觉得不可能，也希望是我眼花了，毕竟每次看到他的时候都是深更半夜，而且都是一闪就过去了，就算觉得熟悉，也并不是十分作准。"

只是说完这些，她立即露出一脸的忧心忡忡："所以姑姑，这件事情我只敢同你们说，我真的希望早点儿到达南临，只要能见到岭南王，也算是安心了。"

卞姑姑的脸上闪过一丝凝重："你有没有告诉林嬷嬷？"

毕竟林嬷嬷是公主最信任的人，也是陪公主时间最久的，不但情分非同一般，更是她们几个人中主事的人。

画意连忙摇头，心有余悸道："姑姑，您难道忘了琴操和司棋？"

提到她们两个，不但卞姑姑，连书勤也沉默了，更是立即猜到了画意怀疑的人是谁。

今年大年初一，荣盛帝大宴群臣，各王孙公子也进了宫，公主王子更是一个都不落地出席了宴会。可偏偏宴到中旬，公主推说不适退了席，那日轮到司棋、琴操两人贴身伺候，结果她们帮公主从宴会上取斗篷回来的时候，却撞到了一个人从公主的寝宫慌慌张张地跑了出去。

她们自然一眼就认出了那人是谁，而且立即向林嬷嬷报了信。可没多久，她们就双双犯了错，司棋被当场杖毙，琴操被送入了辛者库，书勤和画意求了好久，才被林嬷嬷允许给琴操送些衣物。

可等她们赶到辛者库的时候，琴操不知为何竟从二楼摔了下来，她们只赶得及见她最后一面。也就是那个时候，她们才知道究竟发生了什么，却是公主怀恨在心，而林嬷嬷顺水推舟将司棋和琴操隐秘"处置"了。

那个时候她们才知道，林嬷嬷对公主的爱护已经远超一般的下人，任何有损公主名声的事情她都决不会允许它发生，更不会违逆公主的任何命令。

只是此时已离开宫里，林嬷嬷同她们俨然是一根绳上的蚂蚱，而且若是公主真出了什么大事，林嬷嬷只怕也是最心疼的一个，于是书勤想了想道："话虽如此，可兹事体大，况且如今最不愿意公主出事的就是林嬷嬷了，咱们若是告知了她，她应该更感激咱们才对，毕竟咱们现在都是一荣俱荣、一损俱损的。你没看到这一路来，林嬷嬷都在劝公主放下以前的事情，好好地做岭南王的儿媳妇吗？"

书勤的话让卞姑姑频频点头，然后她看向画意："书勤说的没错，你若是害怕，不如这样，我明日找个机会向林嬷嬷禀报，也省得她迁怒于你，再怎样，我在她面前还是有几分颜面的。"

画意正求之不得，她今日向她们说起此事，也正有此意，只是听到卞姑姑想将这件事情揽在自己身上，书勤却忍不住皱了皱眉，担心地看了卞姑姑一眼。

公主的事情实在扫了三人的兴致，所以没多久她们就散了，画意自去房间休息，卞姑姑不放心书勤走夜路，决定送她一截。待到回廊拐角处，卞姑姑告诉她最亮的地方就是公主寝室的大门后，正要离开，却被书勤拉住了衣袖。

"姑姑，你真要去告诉林嬷嬷？"

看到书勤一脸担忧，卞姑姑笑着拍了拍她的手背："我知道你想什么，不过正如你说的，如今最担心公主出事的就是林嬷嬷了，岭南不比皇宫，林嬷嬷还需要我们做帮手，不敢怎样的，你放心就是。"

她没敢告诉书勤，自己已经打定主意，今晚就去找林嬷嬷，她的心中有一种不祥的预感，虽然南临如今近在咫尺，可她还是觉得这件事情越早查明越好。

安抚了书勤，卞姑姑就直接去找林嬷嬷，虽然书勤眼神不好，可有了灯光的指引就方便多了，很快便走到了公主寝室的门口。但她刚要推门，却不想房门从里面被打开了，一个人冲了出来，正好撞向了她。猝不及防间，书勤被撞倒在地，而趁她摔倒的工夫，这个人跳到了院子里，然后三晃两晃就消失了踪影。

糟了，公主！

书勤第一时间以为是刺客，正要喊人，却见另一个身影出现在了门口，然后冷冷地喝道："闭嘴，进来！"

这个声音书勤又怎么会听不出来？正是出自公主，于是她即将喊出口的求救生生吞了回去，然后急忙站起，连身上的灰尘都顾不得拍打，便匆匆跟在公主后面进了房间。

端和公主早在门边等着了，见她进来立即将房门紧紧关上，然后看着她冷笑："你告诉本宫，刚刚看到了谁？"

书勤立即跪下，然后想了想摇头道："奴婢没看清。"

并非她说谎，而是刚刚事起仓促，那人的脸原本就背着光，她又眼神不济，根本就不可能看清他的样貌，之后他又迅疾消失在黑暗的院子里，可以说，不要说他的脸，连他的身形她都没看清楚，她眼前能呈现的只是黑乎乎的一团。

只是，虽然事实如此，端和公主却并不相信，而是看着她冷笑道："果然书读得多了会聪明些，不像司棋和琴操那两个蠢货。不过，本宫也不怕告诉你，刚才来见本宫的正是临安侯世子，他从平安城便一直跟着本宫，已经有一阵子了。"

公主此话一出，书勤只觉得脊背发寒，虽然之前猜到了一些，可她还是万万想不到，那个看起来如女人一般的临安侯世子竟然真有这个胆子，更没想到公主竟然胆大到敢让他进入自己的寝室，难道她不知道自己再过几日就要嫁给岭南王世子为妻了吗？这若是被岭南王发现……

书勤不敢再想下去，而是抬头看向公主，一脸恳求："公主，您可要三思呀，如今，您已经被赐婚给岭南王世子，同周世子已经不可能了，他就算跟着你到了这里，又能如何？他早晚还是要回平安的。"

"本宫的事，不用你一个奴婢多嘴。"端和公主咬牙道，"本来临安侯都已经提亲了，父皇也默许了，就差一纸诏书，眼看我们就要得偿所愿。可谁知道好端端的，贵妃竟然坏了我的好事。我对她向来恭敬，也从不曾忤逆她，同世子的婚事也是向她提过的，她还说要在我成亲的时候送我一份大礼，可没想到，不过是几个月的光景，一切就变了，我连她的宫门都进不去，到现在我都想不明白，到底是哪里得罪了她！"

说着说着，端和公主的眼中泛起点点泪光，想她自小孤苦无依，母亲身份虽高，可身体孱弱，早就失了宠，娘家人丁又不旺，没什么助力。若不是她人美嘴甜，又用了些手段提高自己的身价，只怕早就在宫里被吃得骨头都不剩了。

只是，她费尽心思，眼看就要脱离苦海，嫁给临安侯世子，谁承想竟会被突然指婚给岭南王世子。

虽说都是世子，甚至可以说岭南王世子比临安侯世子的爵位还要高上不少，可南临这种偏远小城，又怎么比得上平安城的繁华？这蛮王的世子，又怎么比得上临安侯世子善解人意？她又怎么甘心将自己的大好年华浪费在这不毛之地！

毕竟已经跟了端和公主五年，她的心思书勤又怎么会不知道？说实话，当初听到指婚的消息，她们也是震惊万分，因为在所有人看来，公主嫁给临安侯世子已经是板上钉钉的事情，谁想到竟会横生枝节，她们也曾为公主难过惋惜。

只是如今，诏书已下，一切都已经不能更改，皇家威仪更是不容践踏，无论公主怎么做，都必须嫁给岭南王世子闵江，公主若是无法认清这一点，接下来的日子只会越发难过，所以，不管是为她们自己，还是为公主，她们都得让公主认清这个现实。

于是想了想，书勤诚恳地说道："殿下，恕奴婢直言，不管您怎么不甘心，怎么伤心难过，这件事情都不可再更改，与其您割舍不下过去，倒不如想想以后的日子。虽说岭南偏远，可到了这里，您这个世子妃可是实实在在的，日后世子继承了岭南王王位，您可就是王妃，一切都是您说了算，岂不比嫁入临安侯府看人脸色自在？而且到了这里，贵妃娘娘也不可能再找您的麻烦，无论日后如何，只要您不回平安城，她都无法再暗算您，难道不好吗？"

书勤说的是实话,那个临安侯世子因为是独子,所以从小到大就游走在脂粉堆中,乃是平安城中有名的纨绔子弟,而他家姐姐妹妹一大堆,这女人一多了,就不消停,到时候公主处理家事稍有差池都会落下埋怨。再说了,临安侯夫人也是出了名地厉害,否则的话,偌大一个临安侯府也不会连个长成的庶子都没有,只有临安侯世子这根独苗,所以若是公主真的嫁入临安侯府,肯定少不了在婆婆面前立规矩。

不过此时,书勤的一番苦心,端和一个字都没听进去,她现在心心念念的只有返回平安城,同心上人双宿双栖,做一对神仙眷侣。故而,书勤的一席话,只换来她冷冰冰的六个字:"谁说不能改了?"

"公主!"

屋子里灯光明亮,书勤又离公主足够近,所以端和说出这几个字时的眼神书勤看得前所未有地清楚,更是让她心惊肉跳。那种狠厉和决绝,是她以前从未在公主脸上看到过的。

这让书勤立即警惕起来,决定明天一早就立即去禀告林嬷嬷,把今晚的事情一五一十地全告诉她,至于结果如何,她已经顾不得了,但是无论如何也肯定会比公主一意孤行要好。

就在这时,却见端和脸上的狠厉一纵即逝,脸上的表情随之变得柔和,她伸出双手将书勤扶了起来,幽幽叹道:"你已经陪了本宫五年,如今又陪本宫到了这种地方,在本宫心中,你根本已经成了本宫的亲人,我知道你们都是为本宫好,可是,难道你们就舍得让本宫在这蛮荒之地郁郁而终吗?"

"殿下,奴婢不是这个意思!"书勤连忙摆手。

"行了,你先起来吧,今晚的事情,本宫也要好好想想,你先去睡吧,等明日一早,本宫定会给你们一个答复。"

"殿下真的想通了?"书勤半信半疑地问道。

"你先去休息吧,今夜不需要你伺候了,有事我再唤你。"端和又叹了口气。

书勤心中惴惴难安,但还是向端和行了礼,向后面的厢房退去,但她的心中已经做出了决定,这件事情绝不能再瞒着了,一定要告诉林嬷嬷。不过,眼看她就要退到厢房门口的时候,却听端和突然又开了口。

"书勤,我记得你刚进我宫里的时候,虽然咱们同岁,可你身材瘦瘦小小的,比本宫低了小半个头去,可如今,你已经同本宫一般高了呢。"

书勤心中一酸,点头道:"这些年多亏公主的照拂,书勤感激不尽。"

端和点点头，又对她挥了挥手："你知道就好，下去吧！"

"是！"书勤应着，退入了厢房中。

书勤躺在厢房的榻上不久，公主寝室的灯光也暗了，看来是已经就寝，可公主睡得着，她可睡不着，更看不进书去，心中只是想着明日一早该如何向林嬷嬷禀告，结果又会如何。

不过，今晚公主索性向她说开，那画意正好不用为难了，也不必让下姑姑去冒险，由她向林嬷嬷去说，总之，有什么事情她一个人担下便是。

打定主意，书勤心中渐安，她本想按照原来的打算看完手中的《琼物志》再就寝，可才翻了几页，随着一股奇异的香气渗入鼻中，她身上一软，捧着书的手立即松开了，"啪"的一声，书落在了地上。

书勤心疼不已，正想俯身去捡，却不想头一歪便倒在了靠枕上，沉沉睡去。

片刻之后，穿戴整齐的端和公主和一名身材瘦高、面貌姣好的男子出现在厢房门口。端和注视了书勤一会儿，然后轻轻叹了口气道："我们走吧！"

那名男子正是临安侯世子周世，他将手搭在端和的肩上，低声说道："明君，你可想好了？此番同我走了，可就再也没有机会回头了。"

端和对他莞尔一笑："怎么，你都追到了这里，还盼着我反悔不成？可是舍不得你世子的身份，那我可真的不走了。"

"怎么会！"周世又使劲儿拥了拥她，"你连金枝玉叶都不做了，我又怎么会在乎临安侯的爵位？那种麻烦事，谁想做就去做吧！我此生只想同你双宿双栖，做一对人人羡慕的神仙眷侣。"

"周郎！"端和呢喃了一声，双手圈住他的腰，脸颊则贴在了他的胸膛上，眼中是从未有过的满足。

"不过……"周世紧了紧自己放在端和纤腰上的手，想到刚才周管家对他说过的话，迟疑道，"她们若是告了密，把你的行踪说出去，只怕就糟糕了，你真的觉得咱们不声不响地走了，她们就会为咱们保守秘密？"

端和脊背一僵，脸上闪过一丝决绝："你放心，我已经留了消息给林嬷嬷，她会按照我的吩咐做的，她最疼我，如今我同你离开，回来就是死罪，她绝不会眼睁睁看着我死的，倒不如按我的吩咐去做，反而有机会同我团聚。"

听她这么说，周世子心中稍安，但是又像是想到什么似的继续问道："你真的确定除了她们几个，整个送亲队伍都没有见过你的真颜？"

"我出入都带着帷帽面纱，他们就算有那个心也没那个胆子，而且，这次我带出来的贴身宫人只有她们几个，我父王说……"

说到这里，端和似是发觉了什么，眼中含泪地望着周世子，声音喑哑道："周郎可是害怕？也罢，你走吧，我继续留下来，日后是生是死，就听天由命了。"

说完，端和一把推开他，跌跌撞撞地往后面的寝室跑去。

看到她如此伤心，周世暗骂周管家害人不浅，连忙追了过去，一把将端和重新抱紧，着急道："你怎么又说这种话？没有你，我根本就活不下去，我来都来了，难道你让我一个人孤零零地回去不成，那样的话，我还不如直接找个寺庙剃了头发当和尚去。好了好了，我不再问了，咱们还是快上路吧，周管家他们已经在外面等候好久了。"

听他如此说，端和才不闹了，转身将头埋在周世子的胸口，他立即为她戴上兜帽，然后拉着她悄悄出了寝室大门。

此时，外面回廊上的灯笼不知何时已经熄灭了，原本守在周围的士兵也不知去了哪里。驿站不大，周世带着端和沿着回廊拐了几个弯儿就到了驿站的后门口。

后门虚掩着，他们轻轻一推就开了，等走到外面的街道上，早有一辆黑漆漆的马车候着了，他拉着端和迅速上了车。

他们刚刚坐稳，车便启程了，厚重的车轮碾压在驿道上发出沉闷的隆隆声，不一会儿就驶出了小镇的出口，随后，马车便缓缓地停了下来。

马车停稳后，一个低低的声音在车外唤道："世子。"

听到这个声音，周世轻轻拍了拍因为马车的突然停下而略显紧张的端和的手背，安抚道："是周管家，我出去同他说几句话就回来。"

说完，他一撩车帘，出了马车，同周管家走到了路旁。

周管家已经在镇子外面等了几个时辰了，此时见世子终于平安出来，这才松了一口气，他看了眼马车，低声问道："世子，人可接到了？"

周世点头："一切顺利。"

"那老奴让您问的那些话，您可问清了？"

周世犹豫了一下，将端和对他说的那些话一五一十地告诉了周管家，然后嗔道："为了此事，公主差点儿同我翻脸，她做事向来严谨周密，既然她这么说，那肯定没问题的。"

听到周世子的转述，周管家心中暗暗叹了口气，他家夫人早就猜到会如此，于是他强笑了下："是，是老奴过于小心了。夜里风大，世子快上车吧，回去又要行二十多天，夫人只怕已经等急了。"

"嗯。"提到自己的母亲，周世子笑了笑，开心道，"这次多亏了母亲，母亲果然比父亲更疼我。"

说着，他也不再同周管家多说，快步走向马车。等他钻进马车后，车夫低低地吆喝了一声，马车快速往北驶去。

马车动了，周管家也招呼带出来的手下上马，同时趁这个机会他将一个个头儿矮小的男仆拉到一旁，低声问道："我若没记错，你应该是生于岭南吧？"

男仆一愣，立即点头："是，小的自幼家中获罪，便随父母被发配到岭南，这几年刚刚回去。"

周管家一笑："你入府时间不长，本来这次出来是没你的份儿的，你可知你为何能跟着出来？"

"小的不知，小的定当为王府竭尽全力。"男仆连忙拱手道。

"是夫人让你跟出来的。"

"夫人？"男仆面露疑惑。

看到他的样子，周管家的眼睛眯了眯："不但如此，夫人还知道，你在离开岭南前是做什么的。"

男仆一个激灵，立即"扑通"一声跪在了地上："周管家，那都是小的以前不懂事，我现在，我现在已经回平安城了呀！"

"你别着急，夫人也没说什么，只是让你帮她办些事罢了。"周管家又笑了笑，"夫人还是器重你的，否则又怎么会把她屋里的丫头兰芳许配给你？咱们出来的时候，你们已经在准备婚事了吧，可是回去就要成亲？"

男仆脸色一白，结结巴巴地说道："兰芳……兰芳她……"

"放心，夫人给兰芳准备的嫁妆可不少，她只不过想让你帮她办件小事而已。"

"小……小事……"男仆脸色变了几变，随即像是下定什么决心似的说道，"管家放心，就算上刀山下火海，小的也一定帮夫人将此事办好。"

"小事罢了，哪用得着你上刀山下火海。"周管家嘿嘿一笑，"不过是想让你同以前的故人说几句话而已。"

说着,他凑到男仆的耳边,快速说了几句话。

周管家的话让男仆的脸色立即由红转白,但是不过是沉吟了片刻,他便狠狠地点点头:"周管家请让夫人放心,小的一定不辱使命。"

说完,他跳上自己的马,然后往与马车相反的方向快速跑去。

看他走远了,周管家眯了眯眼,立即又叫了几个心腹,对他们叮嘱了几句,也让他们尾随他而去,而剩下的人,则在他的带领下上了马,追着周世子和端和公主所乘坐的马车一起回平安城去了。

早上醒来后,书勤只觉得头痛欲裂,只是她根本顾不得这些,第一时间冲进了公主的寝室,当看到空空如也的床铺后,吓得魂飞魄散,本想立即去找林嬷嬷,却没想到还不等她出门,林嬷嬷已经跌跌撞撞地冲了进来。

看着空空如也的屋子,林嬷嬷面如死灰,而她的手中从进门起就紧紧握着一封信,正是端和写给她的信。今早一睁眼她就在梳妆台上看到这封信了,便立即冲了过来,却没想到为时已晚。

听书勤讲述完昨晚发生的一切,林嬷嬷竭力让自己心中翻涌的气血平静下来,隔了好一会儿才吩咐道:"我已经让人把卞姑姑和画意找来了,这件事情,等咱们的人来全了,再商议。"

"是。"书勤心中惶惶,跪在地上大气都不敢出,而不过一炷香的工夫,卞姑姑和画意就到了,看到眼前的情形,也是一脸的仓皇。

见所有人全都到齐了,林嬷嬷的眼神在她们几个的脸上扫视了一番后,对书勤冷冷道:"书勤,你先去把房门关上闩好。"

"是!"

书勤听了,连忙按吩咐去做,只是她刚闩好门,正要往回走,却听林嬷嬷对面前的画意和卞姑姑厉声道:"你们两个,给我跪下!"

第二章

遇强盗 险象环生

画意吓得一个激灵，以为是林嬷嬷怪她没有提早禀报她，"扑通"一下跪在了地上："嬷嬷恕罪，奴婢……奴婢也没想到那人竟然真的是……"

"嬷嬷，是奴婢的错，画意已经对奴婢禀报了，是奴婢怕她看错了才没及时告诉您……"不等画意说完，卞姑姑便打断她的话，显然要把所有的责任都揽在自己身上。

卞姑姑昨晚其实已经到了林嬷嬷的门前，可她屋子里的灯已经灭了，竟是提早睡下了，这才没有立即禀告，但她怎么也没想到，不过是耽搁了一晚上，公主竟然就这么走了。

"闭嘴！"林嬷嬷喝道。

画意和卞姑姑都不敢再说话，而这个时候却见林嬷嬷脸色一缓，对已经到了她们身旁，也准备跪下的书勤招了招手道："过来，到嬷嬷这边来。"

不知道林嬷嬷葫芦里卖的什么药，书勤还是老老实实走到了她的面前，然后看了眼跪在地上的画意，求情道："嬷嬷，这件事情全怪奴婢，奴婢若是昨晚一发现就去禀告您，也不会发生这种事，您……您还是让她们起来吧。"

林嬷嬷摇了摇头，轻轻牵起书勤的手，低低叹道："此时已经不是争辩谁对谁错的时候了。我只问你们一句话，你们是想活，还是想死。"

三个人俱是一愣——这种事情还用说吗？若是能好好地活着，谁会去自寻死路呢？

"嬷嬷……"

看到她们的样子，林嬷嬷握着书勤的手狠狠攥了一下，略略提高了些声音："若是想死，很简单，立即去禀告李将军，让他马上派人去追，这样一来，也许能将公主追回来，只是如今已经过了整整一夜，就算将公主追回来了，只怕也……而李将军也一定会禀告陛下，等到了那时，除了公主，只怕咱们几个没一个能够活下来的！"

三个人交换了一下眼色，立即明白了林嬷嬷的意思，于是卞姑姑稍作沉吟，低声道："林嬷嬷，您就说我们该怎么做吧！"

林嬷嬷使劲儿攥了攥手中的信，突然"扑通"一下跪了下来，抬头看着书勤，对画意和卞姑姑道："你们两人听着，从今日起，这位就是咱们的主子了，你们明白了吗？"

画意一下子怔住了，书勤则满脸通红，眼中满是慌乱，一时间竟不知道该如何是好，她也想跪下来，可被林嬷嬷硬生生给托住了，林嬷嬷瞪着她道："公主，您可想让奴婢们活着？"

"我……我……我……"一时间，书勤急得说不出话来，实在是不明白为何事情会发展到如今这个地步。

她若是公主的话，那书勤呢？书勤又去哪里了？

"至于书勤那个贱婢……"这个时候，林嬷嬷咬牙道，"因为畏惧岭南艰苦，趁着夜晚众人不备，卷了公主的体己逃了。"

说着，林嬷嬷对书勤重重地磕了一个头，一脸懊悔地说道："殿下，是老奴管教不力，让这个贱婢做出这种有损公主颜面的事，老奴这就去告诉李将军，让他去追，所以，今日咱们只怕要在这驿站里耽搁一日，明日才能上路了！"

林嬷嬷的话让书勤的身体微微颤抖，她很想说些什么，可是内心一片茫然，什么都说不出来。她看向画意，却见画意的眼睛突然变得亮晶晶的，就像是看到了曙光，而后她也学着林嬷嬷的样子，郑重地向书勤磕了一个头，干涩地说道："殿下，奴婢也有罪，奴婢……奴婢应该将她看紧些的，奴婢真的……真的不知道……她……她竟然有这种心思，还请……还请殿下恕罪……"

卞姑姑的脸上先是错愕，而后则是了然，她担心地看了书勤一眼，终归还是学着两人的样子对书勤施礼道："公主殿下，您……请您饶恕奴婢，是奴婢没看好那丫头，都是奴婢的错！"

书勤的脸上露出一丝苦笑，果然，在生死面前，有些事情很好选择，即便是她，也不得不承认这个法子是目前最好的办法，哪怕明知这样做是饮鸩止渴，后患无穷。

只是，为什么是她？

"你们……"一开口，书勤觉得自己的声音有些嘶哑，于是她清了清嗓子，对她们抬了抬手，"咳咳，你们都起来吧！"

"公主可是答应了？"林嬷嬷脸色一缓。

见书勤点了点头，林嬷嬷这才领着画意和卞姑姑站起。这时，书勤盯着林嬷嬷，眼圈微红："嬷嬷，我只想知道为什么是我？"

站起来后，林嬷嬷的脸上又恢复了以往的严肃，低声道："殿下，难道您不觉得你们两人的身材好似一个模子刻出来的吗？而且殿下往日里都是戴着面纱帷帽出入，除了我们几人，根本没几个人认得您的样貌。等过了这几日，进了王府，那些不相干的人，自然也就不会再留在南临了，会随着送亲的队伍返回平安城，所以……"

原来如此……

这下，书勤终于明白昨晚公主对她说的那最后一句话是什么意思了，想来公主早就打算好了，而这林嬷嬷也果然不愧是公主最信任的人，两个人竟然想到一块儿去了。

事已至此，多说无益。打开房门后，林嬷嬷立即带着画意去找李将军，告知他逃奴的事情，而卞姑姑则留在房间里为书勤装扮起来。

结果这一装扮下来，果然如林嬷嬷所说，戴上帷帽后，只要书勤不说话，就连卞姑姑自己也分辨不出来。

看着被帷帽遮得严严实实的书勤，卞姑姑红了眼圈，颇感内疚道："公主殿下，早知如此，奴婢昨晚就算用砸的，也该砸开林嬷嬷的房门，把林嬷嬷叫醒……都是奴婢的错！"

书勤使劲儿攥了攥卞姑姑的手："姑姑言重了，您难道不知，咱们几人中，只怕最不想死的就是我呢！"

听闻竟然有奴婢从驿站里逃了，李将军也大吃一惊，马上派人沿着来路找寻，但结果可想而知，自然是一无所获，而一日之后，林嬷嬷便央求李将军立即上路，借口生怕夜长梦多，想要尽快抵达南临城见到岭南王。

有了逃奴的事，李将军也不敢再耽搁了，第二日一早便带着车队开拔，并派人提前前往南临通知岭南王接亲，赶路的速度也比往常快了许多。显然，经过此番变故，他也盼着能早点儿到达目的地，好尽快完成这趟漫长又煎熬的送亲任务。

只是，谁都没想到，眼看他们就要到达南临城的时候，竟然会遭遇强盗，发生这种惨事。

没错，她的确不能死……想她九岁时因家中获罪入宫为奴，迄今为止，已经整整七年，侍候端和公主也有五年，可若只有她一个人，死了自然没什么遗憾，但她若死了，只怕她父亲的冤屈就石沉大海，再也无法平反，她们宋家的污名可就永远都无法洗脱了！

所以……

心念电转间，书勤也不知道是从哪里涌来一股力量，抱紧卞姑姑就向一旁滚去，竟真让她从几个强盗身侧挤了过去，然后沿着一旁的斜坡滚到了一条沟渠中。

沟渠中的水只有一尺多深，却让她们的衣服在瞬间湿透，更是滚了满身的泥浆。可此时两人哪里还顾得上满身狼狈，从沟渠里爬起来就跑。

只是，她们跑得再快，又怎么比得上强盗的速度？很快又被他们追上，再次抓住了。

这会儿，强盗头子的眼中戾气更盛，他甩着鬼头刀走到书勤面前，让两个手下死死抓住她的胳膊，让她再也动弹不得，而后他高高举起鬼头刀，作势向她恶狠狠地砍了过去："公主是吧？实话告诉你，老子也是被人坑了，冤有头债有主，你要真想去阎王爷那里告状，就告诉他，是……"

他的话还未说完，鬼头刀便已经落了下来，书勤只感到一股凌厉的寒气向她的颈项袭来，让她只能再次闭上了眼，而下一刻，她感到一股温热黏稠的东西扑到了她的脸上，这东西散发着让人作呕的腥气，更让她的心中涌上一丝悲凉。

她实在是想不到，一个人竟能如此清楚地感受到自己的死亡，这让她心中突然冒出了一个可笑的想法——只可惜人死了之后拿不得笔也说不了话，不然她一定要把这种感觉记录下来。

不过这种想法只在她脑中闪烁了一瞬，随即听到周围传来一声声惨叫，然后是一连串"扑通""扑通"倒地的声音，她被禁锢的双臂，也一下子松开了。

书勤急忙睁开了眼，却见自己仍旧好好地站着，她又急忙摸了摸自己的脖子，发现脑袋也好好地在上面长着。她又赶紧摸了摸自己的脸，指尖却触到了一片黏稠的东西。随即她将手凑到自己眼前一看，竟然是满手的血。

这个时候她才低头看向眼前，只见刚才想要杀她的强盗头子已经倒在地上，咽喉处插着一黑一白两支羽箭。两支羽箭紧挨着，全都穿透了强盗的脖颈，也不知道究竟是哪支先射中了他。

而在书勤的两旁，那两个抓住她的强盗也倒毙在地，也是被一箭射穿咽喉毙命，不过他们两人一个被白色羽箭射中，一个咽喉上插着的箭是黑色尾羽的。

随着头顶上有道影子一晃而过，书勤抬头望去，却见一个穿着青色衣衫戴着斗笠的男子，正骑着白马立于驿道上向她看来。

见她抬头，青衣男子微微颔首，然后扯了扯马缰，便离开了路边，很快就从书勤的视线中消失了。而在他离开的那一刻，腰间箭筒里的箭翎被阳光照得闪闪发光，大概只有白色的羽毛才会发出这种耀眼的光。

显然，正是他射中了强盗，救下了书勤。而此时，书勤远远地便听到一阵喊杀声，想必有人正在同路上的那些强盗交手，看来，是有人救了她们。

正发着呆，书勤只觉得自己的胳膊被人重重一抻，吓得她差点儿叫出来，可还未等她转头，却被一个人紧紧抱住，而后一个哽咽的声音颤抖地响起："公主，咱们没事了，咱们真的没事了，真好，真好……"

　　此人喜极而泣，已经抽噎得说不出完整的话，竟是浑身泥水的卞姑姑，看到她也没事，书勤的眼泪也一下子落了下来，一把抱住她，又哭又笑地说道："是呀，姑姑，我们不用死了。"

　　泪水冲掉了少许她们脸上的泥水，却让她们的脸颊更花了，看到卞姑姑脸上的泪水泥水纵横交错，书勤忍不住"扑哧"一下笑出声，拿出还算干净的帕子替她擦拭着脸上的污渍，嗔道："你瞧你，脸上都是泥呢！"

　　"你不也是。"卞姑姑说着，也用自己的衣袖替书勤擦拭起来。擦了几下之后，终于露出了书勤原本的肤色，书勤忍不住尴尬地笑了笑，但一低头，看到了卞姑姑衣袖上的血渍，她却愣住了，然后她又低头看了眼已经毙命的强盗头子，只觉得腹中一阵翻江倒海，立即跑到一旁呕吐起来，同时用帕子胡乱地擦拭着自己的脸，恨不得擦掉一层皮下来。

　　卞姑姑见状，也急忙跟了过去，轻轻地拍着她的后背，一脸的担心："殿下，您还好吧？"

　　书勤此时哪里还顾得上回应她，只觉得自己差点儿要把苦胆吐出来了，而这个时候，却听"哧"的一声轻笑从她们的身后传来。

　　两个人转回头去，却见驿路边上又出现了一人一骑，不过这次，却不是那个穿着青衣戴着斗笠的男子，而是穿着红衫金甲的武将，就连他胯下的马，也同那人的不同，是黑色的，他头上的金盔闪闪发光，盔顶上的那一抹火红，想必应该是缨子。

　　看到这个人，卞姑姑连忙道："殿下，正是这位大人救了咱们。"

　　红衣金甲，乌马墨箭。

　　书勤突然想起自己刚刚看完的那本《琼物志》的书中所述，立即问道："姑姑，我眼神不好，你再看看，他的腰间是不是挂着黑色的箭囊，箭囊里的箭羽也是黑色的。"

　　卞姑姑闻言向他腰间看去，果然看到了黑色的箭囊和箭羽，不禁惊道："殿下的眼神什么时候变得这么好了？我刚刚都没注意到呢。"

　　书勤苦笑："那是岭南王府的府军。"

　　"红衣金甲，乌骑墨箭"，正是《琼物志》这本书中对岭南王府军的描述。想当

初,岭南王闵荣随着太宗皇帝南征北战建立大安的时候,他所辖的军队正是这一身装束,每每让同他对战的敌军闻风丧胆,丢盔弃甲。而大安朝建立的时候,太宗封了三个异姓王,其中一个就是闵家,不过闵家却在西川、漠北、岭南三个地方中选了最偏远的岭南作为自己的藩地,声称世世代代要为皇家守护南门,直到今日。

"岭南王府军?"卞姑姑听了一脸欣喜,"李将军早早就派人去送了信,岭南王府回信说是世子要亲自来迎接公主,难道他就是岭南王世子?"

书勤摇了摇头,而此时驿路边上的男子突然晃了晃,他的红衣金甲也随之晃动起来,就像是一团流动的火,抑或是血……这让书勤突然想到那股喷向脸颊的温热腥气,当即恶心的感觉再次涌到喉间,她再也无法正视那人头顶上的那团火红,又一次低下头狂吐起来。

看到这位公主殿下竟然又吐了,完全没有刚刚护住自己奴婢时的强悍,闵江再次觉得这位从北边平安城过来的公主实在是娇滴滴得不像话,原本的那一点点改观也很快烟消云散。

他立即掉转马头,先是点了几个士兵和从王府一起带过来的侍女嬷嬷去照看这位公主殿下,自己则再次冲向仍旧混乱的驿道,大声喊道:"他们的盗首已死,注意别都杀了,留活口。竟敢在这里袭击皇家的车队,分明是不给咱们王府面子,我倒要问问,是哪一家盗匪,竟然有这个胆子。"

府兵一出现,这些强盗哪里还敢恋战?当时便想逃走,可因为早已被团团围住,所以完全没有机会,只能硬着头皮死战,故而一番血战下来,原本三十多个强盗,只剩下了七八个还在负隅顽抗,其余的那些死的死、伤的伤,全都倒地不起,再也形不成战斗力了。

如今,听到他们的首领阵亡,剩下的这几个人最后的希望也彻底破灭,于是,随着其中一个强盗"扑通"一下跪在地上,同时将自己的武器高高地举过头顶,大喊着"饶命",其余几个强盗也争先恐后地跪下来,投降了。

虽知这些强盗即便投降了下场也好不到哪儿去,但是好在能省却自己的一番工夫,更何况他还有事要问他们——闵江绝不相信这些强盗没人指使竟敢劫杀大安朝的公主。

把几个强盗绑好了让他们跪成一排,闵江带人在这里审问,其余的府兵则去打扫战场,看看还有没有存活的人。然后他扫视了这些强盗一番后,冷笑道:"你们可知你们杀的都是什么人？到底是谁让你们这么做的？"

几个强盗面面相觑一番，其中看起来是个小头目的强盗战战兢兢地开口道："将军，我们当家的说，平安城有一个大官犯下重罪被流贬岭南，他的家眷老小也在后面跟了过来，带来了全部家底，所以我们才……才想碰碰运气。"

"犯官的家眷？"闵江再次冷笑，"哪里来的犯官！你们抢的是平安城送亲的队伍，杀的是皇城里的内侍宫女。你们以为这样说就可以躲掉侮辱皇家的罪名，躲开那凌迟之刑吗？"

"啊！"几个强盗听了脸色大变，顾不得双手被绑着，身体一下子扑到地上拼命地磕起头来，同时哭喊着，"冤枉呀，将军冤枉呀，我们真的不知道呀，我们真的以为是犯官的家眷呀。"

"现在说这些还有什么用？"闵江眼睛眯了下，"我就问你们，最近你们那里可否来过什么陌生人，就是这几天。"

"来人……来人……"小头目使劲儿想了想，眼睛一下子亮了，连忙道，"是来了个人，据说是以前在我们那里入伙的，有几个老人还认识他，但是小的并不知道他叫什么名字，他来的时候遮遮掩掩的，一来就去了我们当家的屋里，结果隔日当家的就带我们下山了……"

说到这里，小头目像是明白什么似的，咬牙切齿地说道："我明白了，一定是他骗了我们，亏我们当家的还把他当兄弟，还好吃好喝地招待他，一定是他！"

"你真不知道他叫什么名字，来自何处？那他若是再出现，你还能不能认出他来？"闵江追问道。

小头目仿佛看到了希望，拼命地点头，然后恨恨道："将军放心，虽然我不知道他姓甚名谁，来自何处，可那日我刚巧进去办事，看到了他的样貌，只要他再次出现，我一定能认出他来。我们出来的时候他还没离开，看样子是想等我们当家的消息，您现在去我们山寨，一定能抓住他。"

小头目提供的信息，总算对闵江有些用处，他立即点兵，让他们随着这几个强盗回山寨，看看能不能抓住那个人，而此时，搜索战场的兵士也回来了，却抬来了一个老妪。

老妪浑身是血，已经奄奄一息，而她从肩膀到下腹的位置，有一道深可见骨的伤口，甚是狰狞。闵江抬头看了眼抬她过来的士兵，却见他摇了摇头，显然这位老妪已经难以医治了。

不过，即便如此，看到闵江身上的装束，意识到此人身份的不一般，老妪还是想要强行起来行礼，却被闵江体贴地拦住了。

"阁下可是岭南王府的将军？"老妪气息奄奄地问道。

"在下世子闵江。"闵江低声道。

"闵……闵世子……"老妪眼睛一亮，却向四周搜寻起来，着急道，"公主……公主呢？公主在哪里？"

闵江向旁边使了个眼色，立即有兵士去通知书勤她们，这时老妪虚弱道："老奴姓林，是公主的乳娘，公主她……她……很可怜，日后……日后世子一定要多……多多……原谅她……她……"

原谅？

闵江皱了皱眉，想他同公主刚刚才见面，又何谈"原谅"二字！想来这一定是陪着公主过来的林嬷嬷，估计是因为受伤，她已经开始胡言乱语了，她想说的应该是"照顾"二字吧？

此时，书勤和卞姑姑已经被岭南王府的侍女嬷嬷们搀扶着重新回到驿路上来，她们一眼就看到了浑身是血的林嬷嬷，当即惊呼着直奔她而来。

闵江立即站起，想给她们最后的时间多留些空间，可就在这时，却听一名府兵的声音突然响起："世子，小心！"

随着这个声音，一道破空声直奔闵江而来，闵江立即抽出长剑想要抵挡，却不想这破空声却从他的头顶上越了过去，而后他只听到身后传来一声惨叫，待他转回头去，却见那名正要带他们回山寨的小头目，已经被一支白色的羽箭贯穿了左眼。

这箭力道极大，箭头竟从他的脑后穿颅而出，而后，只见这名小头目摇晃了下，便倒在地上气绝身亡了。

闵江大怒，立即顺着羽箭射来的方向望去，却见一个青色的身影在一块巨石上晃了晃，便跃下巨石消失了踪影，而后则是从巨石后面传来的一阵马蹄声。闵江立即认出了这个人，正是当时同他一起出手，射杀强盗头子的人。

只是，他原本以为对方单单是为了救人的游侠，抑或是荣盛帝偷偷派来保护公主的暗卫，所以在公主得救后对方虽然一言不发地离开，他也没多在意。却万万没想到，他竟然还没走，不但没走，还出手射杀了最重要的证人。故而，此人一定同此次劫杀公主有着莫大的关系。

闵江立即翻身上马,对着身后低喝一声:"追!"

说着,他便像一支红色的利箭,循着马蹄的声音快速追去。

闵江带走的只是部分骑兵,他离开后,立即有副将模样的人指挥剩下的兵士将书勤他们围在了中央,背对着她们,将她们护卫起来。

刚才书勤只顾着林嬷嬷,根本没想到会有箭突然射过来,一开始她还是担心的,却不想那箭竟然只射死了一个被抓住的强盗,而紧接着,她便看到一团团火一样的身影绝尘而去,至于大石上晃动的青色人影,不要说她,就连卞姑姑也没看到。

人走了,清净了,书勤和卞姑姑再次向林嬷嬷冲去,到了她身边,书勤一把将她抱起,却看到她身上可怕的伤口。她强忍住心中阵阵呕意,泪如雨下:"嬷嬷,嬷嬷你怎么样了?"

然后她抬头看向周围人,恳求道:"大夫,快去请大夫来!"

周围的兵士面露难色,却又不知该如何同书勤解释,只有一个王府的老嬷嬷,低低地说了句:"殿下有什么话还是快些说吧!"

书勤一怔,此时她觉得自己的手一紧,却是被林嬷嬷紧紧握住,她立即低下头,却见林嬷嬷对她扯出了一个艰难的笑容:"她说得对,我……我怕是不行了。"

"嬷嬷,您别这么说,你……你一定不会有事的……咱们马上就要到南临了呀……"卞姑姑也哽咽得说不出话来。

林嬷嬷又摇了摇头,再次握紧书勤的手,显然已经气若游丝,她用只有她们三人能听到的声音喃喃道:"公主……公主啊!你一定要平平安安的,你们也一定要好好照顾公主,千万……千万不要让她出……出事啊,平安……平安真的好美……老奴……老奴也想回……回平安……回平安啊……"

说完最后一个字,林嬷嬷握着书勤的手立即垂了下去,再也没有声息了。

书勤和卞姑姑怎么也没想到,林嬷嬷到了生命的最后一刻,心心念念的还是端和公主,她刚才对她们说的那些话再明白不过,这是让她们继续扮演好自己的角色,让她们确保公主的平安,让她们继续将错就错下去。

只是,如今知道内情的只剩她们几个,纵然车队里的人辨别不出她们的真伪,可没有林嬷嬷的指点,她们要如何才能将这件事情隐瞒得天衣无缝呢?

这时,书勤突然像是想到什么似的,着急地看向四周:"画意呢?画意哪里去了?她……她是同林嬷嬷在一起的呀!"

出事的时候,画意去了林嬷嬷的车里取东西,可如今林嬷嬷死了,画意却没有在身边，难道……书勤不敢想下去。

王府派来的那个嬷嬷闻言，立即同旁边的一个军士交换了一下眼色，然后低低地劝道："公主节哀，人死不能复生，岭南王府一定会好好操办林嬷嬷的身后事的。至于您说的那个画意，兴许是躲到什么地方去了，如今这天色马上就要黑了，咱们还是快些下山吧，再晚，山路就难走了。"

书勤不甘心地向周围扫视了一番，正要开口，却被卞姑姑使劲儿握了握手，低声劝道："殿下，这里咱们不熟，画意的下落还是交给王府的府兵吧，这位嬷嬷说得对，如今，您的安全是最重要的，可不能再出事了。"

"正是如此。"那个嬷嬷也连忙道，"公主的人也是我们王府的人，他们一定会仔细寻找的。"

卞姑姑立即对这位嬷嬷笑了笑："那就有劳嬷嬷和各位大人了，敢问嬷嬷怎么称呼？"

"老奴姓王，您叫我王嬷嬷就是。"王嬷嬷和颜悦色道。

"那就有劳王嬷嬷了。"书勤的脸色缓和了些，也对她点点头，"不过，我们不用等世子回来吗？"

"殿下放心好了，世子应该会直接返回南临城，咱们不必等他，兴许他比咱们回去得还要早呢。"王嬷嬷笑道。

事已至此，书勤再坚持也无益，虽然担心画意，可找人这种事，对她们来说也的确是太难了些，于是她也不再坚持，而此时，王府派来接人的马车也到了，她同卞姑姑便一起上了车，在王嬷嬷和一应府军的护持下，下山往寿芳镇去了……

闵江追那青衣人追到了天黑，终究还是失去了他的踪影，而此时前往强盗的山寨查探的府兵来报，说是山寨起火，寨中的盗匪早就不知去向，他这才知道是被那青衣人给耍了，中了调虎离山之计。可也因此，他觉得此事更加诡异，当即带着府兵快马赶回王府，向父王禀报。

同他前后脚回去的还有接端和公主回王府的王嬷嬷，不过她却是来通报一声，说是公主在寿芳镇歇下了，明日再摆驾进城。

听了王嬷嬷的禀告，闵江面露不屑，待她退下，他才向父王详细禀报了今日发生的种种。

原来李将军往王府送信，想让府中人迎接的时候，闵江刚好在附近的山里带着府兵围猎,接到消息后就立即过来了,所以才会身着戎装及时出现,在千钧一发之际杀了盗匪,救了书勤和卞姑姑。而显然,这次的事情是有人刻意为之,目的就是想要借那些盗贼之手要了公主的命。

虽然岭南离平安城很远,可这位端和公主的美名近几年还是时不时地传入岭南王耳中,所以,当初皇帝突然下诏让这位公主远嫁的时候,岭南王可不仅仅是受宠若惊,更多的则是警惕。而如今,这位公主人还没到岭南王府,就出了这种事,让他不多想都难。

"父王,我觉得这件事情有蹊跷,怕是皇宫里那位的想法远没有联姻这么简单。"看到父王听到自己的禀告后陷入沉思,闵江趁机说道。

"江儿,父王知道你想的是什么。"岭南王闵海拈着胡须低声道,"不过公主身份高贵,陛下的这份情谊咱们决不能辜负,可如今竟然出了这种事情,又是在咱们岭南境内,咱们岭南王府绝对脱不了干系。为今之计就是要快些查出这件事情的真相,否则,咱们不但对不起先祖,也对不起陛下,尤其是对不起陛下的这番好意。"

"父王,您的意思是?"闵江的脸上露出一丝疑惑。

"我听说公主才刚满十六岁?你今日可见过她了?"

闵江面色一黑,立即想到了那个看起来身量还未长足的丫头,哼道:"我看还要更小些,不过,既然陛下说她已经十六了,那就十六吧。"

南临本地的女子,虽然个子不高,皮肤也黑些,可是身材都是偏于丰腴的,所以,从小在岭南长大的闵江,自然会觉得北边来的人太过瘦弱了,身材还不如他们这里刚刚及笄的少女。

岭南王微微一叹:"可怜她小小年纪就跋山涉水来到我们这荒僻之地,还受到了如此惊吓,着实要好好休整一番才行。"

"父王,您是说……"闵江眼睛一亮。

"我的意思是,先让王妃好好安置公主,收拾出一个院子来以供殿下静养,至于其他的事情,我这就上书给陛下,向他请罪,希望咱们能将功折罪,先抓住那个试图谋害公主的反贼之后,再接受陛下的好意。"

闵江的脸上露出喜色,但转念又一想,沉吟道:"若是陛下执意联姻,这样他会同意?"

这次换岭南王的嘴角向上扬了扬:"所以,为父才要上书请罪呀。"

谁也摸不透这位荣盛帝是何意图。十年前西川王一家谋反被诛的事情还历历在

目,那个时候,这位陛下也曾经对西川王百般讨好,却没想到,这些讨好却是一柄割在西川王身上的刀。转眼十年过去了,陛下这是又开始磨刀了吗?

书勤不知道,自己还在睡梦中的时候,就被岭南王府的两只大小狐狸算计了一遍。她只知道,天亮之后她将会面临最繁忙不安的一天。

昨夜王嬷嬷临走前带来了画意的消息,说是审问了盗贼后得知,同林嬷嬷在一起的一名宫女因为害怕跳了崖,应该就是画意,而琼山的崖底不但怪石嶙峋,还时常有野兽出没,太过凶险,府兵们只能等天亮后尽力去寻了。

言下之意,画意只怕已经凶多吉少,也许连尸首都找不到了。

也就是说,进府之后,真的只剩下她同卞姑姑两个人。虽然这样一来可以很好地掩饰她们的身份,但也意味着她们在王府中更加孤立无援。

所以,倘若王爷王妃和气些还好,若是尖酸刻薄,难道她还能如真正的公主那般,写信回去向陛下哭诉不成?

怀着一夜的忐忑,天才蒙蒙亮,在卞姑姑的陪伴下,书勤上了辇车,向岭南王府进发,两个人显然都有些紧张,一路上没有任何交谈。

从平安带来的人,死的死,伤的伤,能活下来的也全都惊魂未定,所以仪仗虽在,却只能靠岭南王府的人撑着。临近午时,辇车终于进入了南临城,缓缓地向王府行去。

进城后,书勤壮着胆子撩开车帘向街道上看去,却看到街道两边站满了百姓,虽然她看不清他们脸上的表情,但从偶尔听到的谈笑声中却可以感受到周遭氛围的轻松愉快,再联想到这一路行来,周围的部落对车队和岭南王府的恭敬,书勤猜测,这岭南的百姓还是很期待这次联姻的,这也让她的心中稍稍有了些底气。

午时刚过,车辇就到达了岭南王府的大门,昨日前来接她的王嬷嬷也早就等在大门口,在卞姑姑的搀扶下,书勤下了辇车,王嬷嬷立即来迎,对她恭恭敬敬行了一礼后笑道:"殿下,王爷和王妃已经在正厅候着了,就等公主来了,世子和小公子也在呢。"

听到所有人都在等她,书勤紧张得手心都冒汗了,而这会儿,王嬷嬷从卞姑姑手中接过书勤的手继续引路,卞姑姑则退到了书勤的身后默默跟随,书勤只能硬着头皮一步步地跟着王嬷嬷上了台阶,往正厅的方向走去。

结果刚上完最后一级台阶,书勤远远地看到几个人影站在前面等着她,应该是岭南王一家特意迎出来了。于是，这让书勤更紧张了。

虽然昨天晚上书勤就为今天的见面打好了腹稿，把该说的话和礼数练习了数遍，可如今真到了这里，她的脑子已然一片空白，有那么一瞬间更是把各种礼节忘得干干净净。

就在这时，还不等书勤走近行礼，却见一个身材丰腴的身影越众而出，几步抢到了书勤面前，一把拉住书勤的手，满脸笑容道："公主殿下？你果真是那个名满长安的端和公主殿下？久仰大名，我是岭南王妃，日后，也是要做你母妃的。"

如此直率另类的迎接方式，着实将书勤吓了一跳，虽然此时她已经回过神来，可好像她昨晚准备了一夜的话，这会儿一句也用不上了。

书勤正思忖着该如何应对这位突然出现在眼前的王妃，却听到一个严厉的声音在王妃身后响起："王妃，不要吓到公主殿下。"

岭南王妃不屑地撇撇嘴，拉着书勤向岭南王走去，边走边说道："王爷才是，公主早晚同咱们是一家人，你弄这么大的阵仗，才真是会吓到公主殿下呢。"

书勤不得不在心里承认这位王妃说的很有道理，只是，她并非真正的公主，若是真正的端和公主，只怕一定会认为这位王妃失礼了吧。但眼下，对她来说，的确让她更自在了些。

于是她连忙说道："王妃说得是，王爷太客气了。"

事已至此，岭南王知道自己若是再说话，他这位"心直口快"的王妃只怕会让场面更尴尬，只能瞪了王妃一眼，然后侧了侧身，在前面带路："公主请！"

见众人让开路，还不待书勤说什么，王妃立即大大方方地领着她跟在岭南王的身后往厅里走去，边走边笑着道："以后咱们岭南王府就是公主的家了，等安顿下来了，我给公主引见几个姐妹，都是咱们当地望族的小姐，公主也不用担心日后会寂寞。"

书勤但笑不语，虽不知这位王妃是不是真的热情，不过眼下，这所有的话都让她一个人说了，倒是省却她搜肠刮肚找话说的麻烦，更让她肯定了自己昨晚的一个猜测——看来这岭南王府并不着急办喜事。

这一路上，她和卞姑姑都以为，公主一进岭南王府就会立即行嫁娶大礼，正式成为岭南王的儿媳妇，却没想到昨晚王嬷嬷临走前向她说起今天进府的一应事情时，并没有强调让她穿上喜服，行嫁娶之礼，眼下看来，岭南王以公主之礼将她们迎进王府，果然还有别的打算。

而这位王妃娘娘，不管是无心还是有意，却恨不得让所有人都知道当朝的端和公主就要成为他家的儿媳妇，于是，王府对这次联姻的态度反而更加耐人寻味。

正想着，书勤已经踏入了正厅门口的门廊，而此时，却见离她不远处的一根"红漆柱子"一晃，竟然动了，而后一个女子的声音轻轻响起："阿奴见过公主殿下。"

柱子竟然会说话！

这是书勤的第一反应，所以她忍不住后退了一步，不过马上她便回过味儿来，总算没有再向后退第二步。

柱子当然不会说话，说话的肯定是人，只不过那人离她稍微远些，身上衣服的颜色也同正厅外的红漆柱子颇为相似，这才会让她误以为是柱子罢了。

就在这个时候，她听到身后三四步远的位置，传来一声嗤笑，仿佛在嘲笑她胆小。

笑声十分刺耳，估计后面的人都听到了，这声音她立即听出来了，同昨日在路上救了她们的金甲小将的声音一模一样。后来王嬷嬷告诉她，此人正是岭南王府的世子闵江，端和公主即将下嫁的未婚夫婿。

此时门口的气氛十分尴尬，终究还是王妃反应及时，连忙叱道："阿奴，你怎么突然就跑出来了？别说公主了，连我也吓了一跳。"

一旁的阿奴有些委屈："姑姑，我一直站在这里，只是……只是看到公主走来了，向殿下请安罢了，哪有突然跑出来。"

"还不退下！"这会儿王爷已经走进了大厅，回头看到门外的一幕，喝道，而后又狠狠瞪了王妃一眼。

王妃这次也没有刚刚淡定了，斥道："阿奴，你先下去吧。"

书勤心中有些不忍，知道自己被吓到完全是因为眼疾的缘故，为她求情："无妨，是我没注意到，王爷王妃不要责怪这位姑娘了。"

只是，对公主殿下的求情这位阿奴姑娘似乎并不领情，听到王妃也这么说自己，她显然觉得自己受了极大的委屈，然后幽怨地往书勤身后的一个位置扫了一眼，随即跺了跺脚，一扭头，捂着脸跑了，看起来极其伤心。

看着那团漆红色在回廊上越跑越远，最后消失在拐角处，让书勤有一种错觉，觉得自己仿佛狠狠欺负了这姑娘一回。可仔细想想，自己的确没做什么过分的事，反而还替她求情来着。而且，被吓到的那个也的确是她自己，怎么反而被怨恨了呢？

她不由得暗暗想着公主若是遇到这种情况会怎么做，想通后心中更加坦然，觉得自己救了这姑娘一回，因为若是公主的话，怕是这姑娘会立即被赶出王府吧。

此时，她又听到一声轻嗤从身后传来，不用想也知道是谁，这让她不知怎的一下子就释怀了。

看来这位岭南王府的世子不仅仅是看她一个人不顺眼，不过他这没事儿就对人"嗤"来"嗤"去的毛病还真该改一改了，也或许他不是故意的，而是天生如此，那样的话，就更该好好找个大夫瞧瞧了。

一时间，书勤只觉得郁积在自己心中好几日的紧张消散去了，不就是一个岭南王府吗？她连皇宫都住了七年，难不成这个王府比皇宫还要危险？

她在路上九死一生，难不成这岭南王府的人比那些强盗还要穷凶极恶？

林嬷嬷身上的血和画意的脸不停地在她的眼前晃动，一时间书勤只觉得胸中气血翻涌……是了，就算是为了她们，她也不能被人瞧不起。

在皇宫的时候，端和公主只是众多龙子龙孙中的一个，而在这里，大安朝的公主可就只有一个人！

想到这些，书勤对旁边的王妃微微一笑："王妃娘娘，看来本宫惹阿奴姑娘不开心了呢。"

书勤脸上的微笑和明亮的眸子让岭南王妃微微一怔，虽然从台阶到大厅门前只有短短一段路，她却觉得这位端和公主就像是换了一个人一般，那种逼人的气势连她也觉得有些刺目，就像是把所有人的光芒都比了下去。

她干笑了两声："阿奴她只是太小不懂事，说起来她比公主还要小一岁呢，今年才十五，公主就别同她一般见识了。"

"王妃娘娘说得是。"

书勤点头，继续往前走，而这个时候，卞姑姑在她身后小声提醒道："殿下，小心门槛。"

说着，她从后面走了上来，搀住书勤的另一只胳膊，书勤转头看向她，彼此相视一笑，立即心照不宣。

只要跨过这道门槛，她们两人可就再也没有回头路了！

书勤猜得没错，岭南王果然没有提办婚事的事情，更没有定下时间，反而在简单寒暄了一番后，让王妃把书勤安置在一处宽敞华丽的院子里住了下来。

住进院子之后，卞姑姑带着人清点了一遍，发现这所独院的库房里整整齐齐地码着荣盛帝为端和公主准备好的二百四十六抬嫁妆，封条都还没有拆开。而且这所名为天养园的院子位于整座王府的最后面，竟然也有三进，甚至还有个后门直通外面的夹道，平日里若是想出去逛逛，沿着夹道一直走就可以出府了。

从午后进入王府，直到晚饭之后，卞姑姑才回了正房，却见书勤正坐在书案后，边看书边等她回来。见她进了门，她立即让王府送来的侍女下去，只留下了她一个人，两人这才稍稍放松了些。

"公主殿下，奴婢都已经看过一遍了，这里除了离前院远些，其余的都还好，环境也清幽，而且还有一个小花园，里面甚至还建了假山，看起来建造时颇费了一番心思。奴婢打听过了，这天养园原本是为老王妃准备的，因为老王妃喜欢清净，便建到了宅子的后面。不过老王妃住了没几个月就去世了，这才一直空着，直到殿下您住进来，还从未有他人住过。"

"姑姑，你从大清早就忙个不停，先坐下来歇歇吧。"书勤指了指桌案对面的一个位置，体贴道。

卞姑姑一愣，却摇了摇头，笑了笑："公主忘了？奴婢不敢。"

昨夜在寿芳镇的时候，她们两人就已经约定好了，日后进了王府，不管周围有没有人，都要以主仆相称，彻底忘掉书勤这个人。

书勤神色微微一滞，然后眼神一黯，强笑了下："小花园？可是屋后郁郁葱葱的那处？那倒是蛮近的。"

"正是！"

书勤又想了想："那王嬷嬷可是随咱们也进了这园子？"

卞姑姑点头："幸好有王嬷嬷在，否则的话，只凭奴婢一个人，这王府里的家丁下人一时间根本连名字都记不清，就更别提差遣他们了。"

书勤略一沉吟："这样也好，日后你在我这里即可，其余的事情就交给王嬷嬷去做吧，来日方长，等熟悉了就好了。"

她们只有两人，面对的却是整个岭南王府，短短几日工夫，又怎么可能自己做主！好在看着那王嬷嬷尚算和气，她的身份又在这里，谅她们也不会太失礼。

话说到这里，卞姑姑的脸上闪过一丝犹疑，吞吞吐吐道："还有一件事情。"

"什么事？"听出她语气中的担心，书勤又问。

"公主殿下，刚刚王爷的侍从来了，说是明日王爷有奏折要送往平安城，问殿下有没有书信需要一起送回宫里。我告诉他您在休息，让他明早再来，若是有书信，就一并交给他带走。"

卞姑姑的一番话果然让书勤苦了脸，她将手中的书倒扣在书案上，双手托腮，重重叹了口气，拉长了声音："书信呀——"

看到她为难的样子，卞姑姑体贴地试探："要不，就说您回来就睡了，没来得及写？"

书勤直起身来对她摆了摆手，撇嘴道："算了算了，终究还是要写封信报平安的。今天你辛苦了，你先去休息吧，我写完再睡。"

写封信没什么，而且，之前公主的一应书信来往，包括诗文誊抄，全部由她代笔，她模仿公主的笔迹也是惟妙惟肖，笔迹上肯定不会有什么疏漏，关键是这封信若是写了，那可就坐实了她的欺君之罪，此生，她若是不作为端和公主活下去，就要作为书勤去死了。

看到她一脸的为难，卞姑姑也不忍心，终究在离开前告诉了她一件让她开心的事情："公主殿下，奴婢今天查看院子的时候，发现这院子里竟然有座藏书楼，就在小花园的假山后面，据说老王妃当初也很喜欢看书，王爷和老王爷就为她搜罗了很多藏书，据说还有从海外传来的番文书，日后没事，您也可以去看看，再不用担心带来的书籍看完了就没的看了。"

这个消息，是这些日子以来对书勤最好的一个消息了，她兴奋地站了起来，脸颊也一下子变得红扑扑的，然后她绕过桌案，来到卞姑姑面前，一把抓住她的胳膊，眼睛亮晶晶地说道："你说的是真的？姑姑，这世上实在是没有比你更好的姑姑了，你最明白我。"

看到她原本阴云密布的脸一下子变得阳光明媚起来，卞姑姑有些后悔，深深地怀疑她会不顾此时是深更半夜，马上就会跑到那座藏书楼里去，于是沉下脸："话虽如此，可殿下别忘了您的眼疾是怎么来的，您若是不注意的话，我可是有胆子把那藏书楼一把火烧掉的。"

书勤自然知道她是在吓唬她，可她此时心情真的很好，于是笑眯眯地点点头，乖巧地说道："姑姑放心好了，我可不想日后摆在我面前一座书山，我都没眼看呢。"

看她又恢复了以往的俏皮，卞姑姑本来是该高兴的，可一想到这是那夜画意说过的话，两人的神色又都挂上了些哀恸。不过，卞姑姑今天的确是累了，也知道书勤的本事，若是她想，区区一封报平安的书信，用不了两刻便能写好了，便又叮嘱了几句后，回房休息去了。

卞姑姑走后，不过片刻，书勤就把报平安的信写好了，虽然里面都是一些官话，但她还是模仿端和公主的语气遥祝了荣盛帝万福金安。当然了，遭遇强盗的事情也提了一笔，却轻描淡写地带过了。她猜测岭南王这次上奏折除了谢恩报平安外，就是这件事情了，她就算不想提，他也会提及。

书信写好，书勤困意驱散，一下子就想起卞姑姑临走时说的藏书楼来了，不由得更精神了，只觉得心里痒痒的，索性推开窗子，打算透透气。

岭南不像平安城四季分明，这里温度较高，一年只有两季，夏秋为雨季，冬春为旱季，此时已经是春末夏初，所以夜晚也越发潮湿闷热。虽然进入岭南地界后，书勤已经渐渐适应了这里的气候，但是越往南，这种潮热也越来越让人觉得难熬，有好几次她甚至被热醒后就再也睡不着了。

她刚刚打开窗子，却看到外面竟然有人，乃是王府值夜的侍女正靠在廊柱上打瞌睡。窗子一响，她便立即睁开了眼，看到窗口的书勤顿时一愣，连忙行礼道："公主殿下可有吩咐？"

书勤本来想说"无事"，但是不知怎的便脱口而出道："那个，我听说小花园里有一座藏书楼……"

走廊上守夜的侍女叫莲心，个头儿比画意还要矮上几指，才刚满十三，分明还是个孩子，对能得到公主的差遣，既紧张又开心，一路上同书勤说了不少话。而在她的引领下，不出一刻，她们便到了藏书楼的门外。

待进入楼中，莲心点亮里面的烛台，看着眼前一排又一排的书架，书勤只觉得自己都不会呼吸了，而等她从莲心口中得知，这藏书楼足足有三层，每层都有这么多书的时候，更是恨不得将自己的床铺都搬来，干脆直接在这里住下算了。

看着书勤心醉神迷的样子，莲心还以为自己看错了，待她想要看得更清楚些的时候，却见这位公主殿下已经虎视眈眈地看向她，幽幽地问道："这里的书，我都可以看？"

"应该……是的吧……"

她虽然进府不久就被分到了天养院，可既然没人说这里有什么禁忌，那么就应该没什么禁忌吧，她也不算说错。

再说了，她有那么一种感觉，若是她敢说个"不"字，这位一路上都笑眯眯听她说话的公主殿下，搞不好会一口将她吞下去。

"莲心，把灯都点上。"

听了莲心的话，书勤立即大声吩咐道，然后拎着裙子就往"楼梯口"跑去，想要看看剩下两层是不是像莲心说的那样，放满了书。哪想到她刚到"楼梯口"突然觉得额头一痛，眼前一黑，鼻子更是痛得她眼泪都快流下来了，竟似是撞到一块硬邦邦的东西上面，她只得立即捧着脸蹲了下来。

莲心吓了一跳，灯也顾不得点了，急忙上前扶她："公主殿下，您……您怎么往门上撞呀？"

门？

书勤揉着额头，眼泪汪汪地抬头看向她："怎么，这楼梯口还装了门？"

莲心哭笑不得，指着相反的方向："殿下，谁会在楼梯上装门，楼梯口在那边，这里不过是通往厢房的门罢了。奴婢这就点灯，您可千万别再乱跑了。"

沉吟片刻，书勤硬着头皮道："原来你们岭南的楼梯都在这边呀，同平安城的果然不同，果然不同，呵呵，呵呵呵。"

书勤这一撞很是实在，不但额头红了一大片，甚至鼻头也被撞红了。莲心吓得心惊肉跳，再也不敢让书勤乱走，先扶她到一旁的桌案旁休息，然后等自己将一楼二楼所有能点的蜡烛全部点亮后，这才小心翼翼地扶着书勤上了楼。

好在这会儿书勤因这一撞也清醒了些，再也不敢乱动，老老实实地等莲心来扶，这才没有再闹出什么笑话。

但也因此，她等得心急如焚，所以一上了二楼，便迫不及待地在书架中穿梭游弋起来，真像是一尾重归大海的鱼，把在一旁伺候的莲心彻底忘在了脑后。

在确定公主殿下不需要再点燃第三层的蜡烛后，守了一会儿便觉得百无聊赖的莲心终于给自己找了些事情做，就是去给公主殿下弄些消夜来。

她说了自己的打算后，见公主频频点头，以为她允了，便下了藏书楼，匆匆前去穿过一道门便能到达的小厨房弄吃的。殊不知，此时书勤眼中只有琳琅满目的书本，对其他声响的反应一概只有点头而已。

这里的书实在是太多，虽然书勤恨不得每本都立即装进自己的脑子里，可最后挑来挑去，却只能勉为其难地选了一本期盼已久而不得的《大魏通史》翻了起来。

这《大魏通史》乃是记录前朝的史书，以前在皇宫里的时候，虽然为了撑面子，端和公主的书房里藏书不少，可也都是一些诗集和游记见闻之类的书本，再不然就是各种名家书帖的拓本，像这种史类的书几乎是看不到的。

没想到这里不但有前朝的史书，还有前前朝、前前前朝的史书……甚至一直向上追溯十八皇朝之外的史书，竟然一应俱全。不但如此，每本书的书脊上还标注了天干地支和各书记录的朝代，整整摆满了三层书架，让书勤如获至宝。

只是，这书她翻了还没有两页，却听见一个慢悠悠的声音突然在一旁响了起来："史书，可不是这么看的！"

虽然看书入迷的时候，书勤会自动屏蔽掉周围的一切杂音，可那也只限于自己身边熟悉的人发出的声音，面对一个深更半夜突兀地在自己耳边响起来的陌生男子的声音，不要说屏蔽了，甫一听到，便已被吓得魂飞魄散。

只可惜，那人发声的时候已经到了她眼前，当她发觉不妙想要喊人的时候，已经晚了，对方先一步捂住了她的嘴。

烛光刚好照亮了此人的脸，再加上他离得她实在太近，书勤少有地将一个人的五官面目看得如此清楚，却见对方竟是个面目冷峻的男子。

男子头上戴着一顶斗笠，眼睛乌黑，嘴角则噙着一丝若有若无的笑意，书勤挣扎了几下，想要挣脱他的手呼救，却见他脸上的笑意更浓，然后他盯着书勤，他那因为压得低而显得有些沙哑的声音再次响起："怎么，昨天才见过，您就不认得我了？不知是贵人多忘事，还是被那些强盗吓傻了？"

书勤一愣，不禁又瞅了眼他头上戴着的斗笠，以及他身上因为烛光的照射而显得青中发黄，甚至连褶皱都能看得一清二楚的衣衫，终于恍然大悟。

见她终于认出了自己，男子也放开了她，然后后退一步，对她拱了拱手："公主殿下，在下刚刚失礼了。"

虽然他昨日救了自己，可也不代表书勤已经完全放松了警惕，她也后退一步，同他保持了一定距离，又上下打量了他一番，再次确认他身上的装束的确同昨日救自己那位青衣人大体相同，尤其是那装着白色羽箭的箭筒还赫然挂在他的腰间，这才沉吟了一下问道："你也是王府的人？"

"恐怕不是。"男子笑了笑，"昨日我只是偶然同世子碰上了，而且，世子似乎对我有些误会。"

深夜出现在此地本就很是可疑,所以他若说"是",书勤反而会觉得他别有用心,如今听他这么说,她的心反而放下了:"那你来这里做什么?"

男子笑了笑:"本想找个地方安安稳稳地睡一觉,却不想公主竟然这会儿来了,便下来看看。"

书勤抬头看了看天花板,撇了下嘴:"这么说,还是本宫打搅你了?"

"不敢。"男子笑道,"应该是在下扰了公主的清净才是。"

说着,他对书勤拱了拱手:"在下这就告辞。"

抬起头,他又看了眼书勤手中拿着的书本,扫了下她仍旧红成一片的额头,微笑道:"眼神不好,就多带些人侍候吧,不然的话,日后跌进河里都没人知道。"

"你……"

书勤脸色涨得通红,正要反驳,此人却已三闪两闪到了窗边的暗处,然后化作一团黑影消失了,让她生生把话又憋回肚子里。只得在那团黑影在窗口消失了一会儿后,狠狠地跺了几下脚,低声哼道:"有胆子来王府,竟没胆子留下大名吗?"

"公主……公主殿下!"就在这时,楼梯口的方向传来莲心的声音,"公主,您还在吧?"

书勤连忙收敛心神,低声应道:"我在这里。"

很快,莲心便出现在书架的前面,对她笑道:"消夜奴婢放在楼下了,您不如先去用些吧。"

经过刚才的变故,书勤总算是从狂喜中醒过几分神来,笑了笑:"不必了,拿回正房吧,回去我再用。"

"是!"莲心连忙应道,"奴婢也觉得是呢,这里好久没人洒扫了,到处都是灰尘,桌案也简陋,待明日天色大亮了,奴婢禀了王嬷嬷,等细细洒扫后,再添置些东西,那会儿您再来这里看书,就应该舒适多了。"

顿了顿,她又道:"对了,烛台也要多加一倍才行。"

书勤点头,表示了自己对莲心的赞许。不过,既然来了,不搜罗些"宝贝"带回去岂不可惜?于是,她先是扫了眼手中的《大魏通史》,终究还是将它放在了原位,然后拿了一部年代标注最早的《竹书记》出来,这才在莲心的搀扶下,一步步下楼去了。

公主殿下夜逛藏书楼的事,卞姑姑第二天一早便知道了,自然一个上午都没给书勤一个笑脸，书勤自知理亏，反复讨好不成后，便不敢提再入藏书楼的话，而是带着卞姑姑边逛着天养园，熟悉着园子里的各处景致，边有一搭没一搭地逗她说话，竟一上午都没有看书。

直到中午，书勤兴致大发，决定在小花园的凉亭里用午膳的时候，卞姑姑的脸色才好了些，连忙敦促着小厨房将午膳送了上来。而看着这些饭菜中有几道是姑姑的拿手菜，甚至连饭后的点心都备了玫瑰蜜酥和玫瑰花茶，回房后，趁着午憩屏退众侍女，只留卞姑姑一个人伺候的工夫，书勤亲昵地搂住姑姑，撒娇道："好姑姑，我昨天进了藏书楼就后悔了，那里黑洞洞的，地方又大，光线又暗，所以我在里面转了一圈儿就回来了，真的一本书都没看呢。"

"没看？那你桌上摆着的那本书是从哪里来的？我看着，不像是咱们带来的书吧！"

卞姑姑才不信书勤会有书不看，她看见书，就像是猫儿见了鱼，若是以往，抓到一本新书，一定一口气看完才作罢，所以知道她昨晚去了藏书阁，她才会那么生气，她以为她昨夜定是熬了个通宵的。

不过这次书勤可真没骗她，笑嘻嘻地拿出昨晚带回来的那本《竹书记》递到卞姑姑眼前，故意装出一脸郁闷："姑姑若是不信，您自己瞧瞧，这里面的字我可一个都不认识呢！"

"不认识，你竟然有不认识的字，实在是编得越来越没谱了……咦……"

卞姑姑自是不信，她边嘟囔着边翻开书勤递给她的书，只是这一打开，却愣了愣，忍不住道："这……这是什么书？天书吗？"

原来，书勤按照那个青衣人的提点拿回来这本年代最久的书后，发现里面的字不是他们大安通用的文字，一个个都如刀刻斧削一般，她竟然没几个字是认识的。这才想起，以前听说过一种叫金龙文的古字，早先纸张不曾出现，丝帛造价又高，人们记录事情都是把字刻在竹简或龟甲上的。而这本，明显是有人从竹简上拓印下来的。

所以，等她知道上当已经晚了，更没有心劲儿再去藏书楼一趟，只能放弃夜读计划，早早睡了。而她早上本打算去藏书楼找几本关于书法字体的书，对比着继续研习《竹书记》所讲述的内容，却被告知，今天一大早王嬷嬷便带人去藏书楼洒扫了，如今还暂时进不得人。

于是，因为王嬷嬷办事的速度，再加上卞姑姑一脸的不悦，她自然便放弃了这个想法，而是改为逛园子。

听了书勤的解释，卞姑姑的心总算是放下几分，但是仍少不了一番说教，直到书勤同她约法三章，绝不再在夜晚停留在藏书楼，绝不再熬夜苦读，绝不整日关在房里看书写字，每日必须至少抽出一个时辰出来散步，她这才作罢。

看到卞姑姑的脸上终于有了笑容，书勤忍不住撒娇道："就算是亲姑姑也不过如此，姑姑，我实在是怕了你呢！"

卞姑姑一愣，点了点她的额头嗔道："我若真有你这么个侄女，才是真的怕了。"

王嬷嬷做事果然利落，不过一日工夫，她就带着天养园的下人们将藏书楼收拾好了，不但里里外外擦拭一新，甚至还换上了新的窗帘，然后搬了几张年轻人喜欢的金丝楠木桌案和卧榻送进藏书楼里，换下了里面已经陈旧的檀木家具，烛台更是增了一倍有余。所以第二日，书勤再次进入藏书楼时不但到处干净明亮，还找到了几册可以用来对比研习的字帖。于是接下来几日，她便把自己关在房里，一个字一个字地对应着字帖研究《竹书记》上的文字，慢慢读了起来。

这种体验，在书勤八岁以后就不曾再有过了，她从小对文字就有着常人不曾有的天赋，所以五岁的时候就能将四书五经倒背如流，六岁她已经认下了三千余字，七岁便能写诗作赋，八岁她已经将父亲书房里的书全都看过一遍，若不是九岁时他们全家获罪，她被没入宫中为奴，她父亲已经允诺她，要为她讲史了。

如今，看到书上那些明明瞧着熟悉，却完全不认得的古字，她非但不觉得麻烦，反而乐在其中，时不时像孩童一样写写画画，非要把这字的来历弄个清清楚楚才算罢休。

不过她如此读书，速度也比以往慢了许多，单是这《竹书记》的第一册，她足足用了五天的时间，竟然只读了一小半，而用来查阅的资料，她却从藏书楼找来了十几本。

这日一早天气晴朗，由于前夜刚下过雨，空气也比以往清爽许多，书勤索性让侍女将书本搬到了小花园的亭子里，打算趁着早上的清爽劲儿，在那里多读几页。

随着她记下的字越来越多，很明显，她读书的速度也加快了，前几日她一天都看不了一页书，今日不过一个多时辰，便已经读了三页，这让她很是心满意足。

正好卞姑姑派人送了点心来，她索性停了停，打算先吃些东西，再继续读书。

今日的小点是芒果甜汤和菠萝糕，都是书勤以前在宫里听都没听说过的点心，是卞姑姑来到岭南以后新研究出的吃食。

岭南全年水果丰沛，更有很多在北方都不曾见过的水果，卞姑姑来了以后，简直如鱼得水，不过几日，便想出了好几个新花样，让书勤大饱口福。

菠萝糕入口清甜还有嚼劲儿，令书勤很是喜欢，芒果甜汤甜而不腻，还有一股淡淡的薄荷香气，也颇合书勤的胃口。一碗甜汤过后，她刚让侍女帮她再盛一碗，却听到一个趾高气扬的声音在亭子外面响了起来："你就是那个从平安来的公主，本公子未来的大嫂？"

这个声音有些喑哑，一听就是正处在变声期的少年的声音，而紧接着书勤便看到一个身影像猴儿一样的少年三步两步就蹿到了她的眼前，然后上下打量了她一番后，撇嘴："你真的十六岁了，怎么看着比我院子里的小玉还瘦？你跟我大哥太不般配了！"

书勤自然不知道小玉是谁，但见眼前这少年看起来不过十三四岁年纪，又那样称呼自己，而一亭子的侍女见到他后就慌忙行礼，心中也大致猜到了他的身份，笑盈盈地问道："可是小公子？"

这几日，卞姑姑早已将这王府中的事情打听到了一些，再加上喜欢说话的莲心，书勤知道，这岭南王只有两个儿子，一个是已故王妃所出的世子闵江，另一个则是现任王妃所出的小公子闵浚。这个小公子原本也该出现在迎接的人群里，只是她进门的时候，不知道跑哪里去了。

当时，卞姑姑在说起这件事情的时候，忍不住又提到了那个叫阿奴的女孩，告诉书勤这个阿奴是现任王妃的亲侄女，同王妃出自同一当地望族，已经在府里住了好多年，末了很是不忿地说了句"该来的不来，不该来的却来了"，然后不由得怀念起那位真正的公主殿下的霸道来。

书勤正乐得这几日没人打搅她的清净，所以便没接卞姑姑的话茬，在她的心里，她真恨不得这王府中的人将她彻底忘掉才好，她也好能做个一心只读圣贤书的"米虫"，即便心知这是异想天开，可能躲一时她也是知足的。

不过眼下这位小小不速之客的到来告诉她，即便她想知足常乐，可有些人终究是看不得她清净的。

书勤的问话让闵浚抬了抬下巴："这王府中除了本公子，还有谁敢喊你'大嫂'？"

小公子的趾高气扬换来书勤一笑，她把放着菠萝糕的盘子往他的方向推了推，又笑道："这菠萝糕味道不错，要不要尝尝？"

虽然这孩子看起来个头儿比她还要高些，可毕竟只有十三岁，在书勤看来还是小孩子，既然是小孩子，哪有不喜欢吃甜食的？

果然，书勤的话让闵浸咽了口唾沫，这菠萝糕的味道已经弥漫了整个亭子，他想装作没闻到都难，但看到书勤脸上的笑，他却觉得十分刺眼，就像在笑他长不大似的，于是他忍着口水哼道："你当本公子是小孩子吗？小孩子才喜欢糕点。"

"这样呀！"书勤眯了眯眼，嘴角向上扬了扬，"那是我错了。"

说着，她又拈了块菠萝糕扔进嘴里，然后喝完了侍女刚刚为她倒好的甜汤，这才挥了挥手，让人将糕点撤下去了，迅速换上了早就备好的热茶。

随后她亲自为自己和闵浸各倒了一杯清茶，做了一个请的姿势："那我就请小公子喝茶好了。"

虽然卞姑姑的茶点做得好吃，可毕竟是甜食，还是需要茶水清口的。而且，点心的甜味配上茶的苦味，反而更让人产生一种回味无穷的感觉，衬托出点心的香甜，故而书勤是最喜欢在吃了点心后喝茶的。

可怜这位小公子，没想到自己推拒后，这个从平安城来的女人竟然连让都不让他一下，而是吃饱喝足后立即让人将点心撤下去了，反而请他喝起了热茶。

虽然喝茶的确可以展现他的翩翩风度，让他看起来不再是小孩子，可是闻着亭子里残留的点心余香，却喝着滚烫寡淡的茶水，难免令他觉得口中的茶颇为苦涩，也让他使劲儿吸了吸鼻子，想要捕捉住周围最后一丝尚未散去的甜香。

只可惜，越是如此，他觉得这茶越涩，心情也越发糟糕，莫名烦躁起来。

眼看他控制不住要发脾气的那一瞬，却见书勤微微一笑，对旁边的莲心吩咐道："不是还有玫瑰蜜酥吗？快端上来吧，想必小公子一定会喜欢。"

于是，闵浸的脾气就在这一瞬，立即偃旗息鼓了。

玫瑰蜜酥端上来，闵浸斜了书勤一眼，又哼了声："公主殿下在这园子里，整日就想着吃吗？这玫瑰酥，王府的厨子经常做，我都吃腻了。"

不过边说着，他边不客气地拈起一块扔进嘴里。一开始他还想摆出一副心不在焉的不屑姿态，但咀嚼了几下后，却微微愣了下，然后快速吞掉口中那块，又拈起了一块扔在了口中。

看到他的样子，书勤微微一笑，继续慢慢地喝茶，一盏茶后，看到闵浸还要吃，连忙亲自为他倒了一杯茶，细声细气道："这是龙井，配这玫瑰蜜酥最是合适，小公

子再尝尝看。本来还有玫瑰茶的,不过这两样配起来我觉得太过腻了,倒不如清茶爽口。"

听了她的推荐,闵浚半信半疑地抿了一口龙井,发现果然如同书勤所说,衬得玫瑰蜜酥味道更佳,这才信了,一连又吃了好几块。

看到闵浚终于露出了贪吃的少年模样,书勤心中暗暗发笑,要知道,她可是在宫中待了七年,侍候了端和公主五年,那位公主殿下可比这位小公子难缠多了,也更不讲理多了,所以应付起这位来,她的办法多得是。

不过,这位闵浚公子似乎真的喜欢这点心,片刻工夫就扫下多半盘,所以到了最后,书勤还是忍不住提醒道:"小公子别吃太多了,不然午膳就用不下去了,你要喜欢,我让卞姑姑做一些给你带回去,让王妃娘娘也一起尝尝。"

不提王妃还好,一提起她,闵浚原本沉浸在吃货世界的灵魂仿佛一下子清醒过来,终于放下盛着点心的盘子。

他皱了皱眉,将点心盘子推得离自己远了些,抬头看向书勤,眼珠则骨碌碌地转了好几圈,最后嘿嘿一笑,完全收回了刚来时的趾高气扬,笑嘻嘻道:"公主殿下,你真要嫁给我大哥吗?"

他生气还好说,就这么突然笑了,反倒令书勤警惕起来,也笑眯眯地答道:"不然呢,难道你觉得有什么不妥?"

"那倒不是。"闵浚的眼珠又是一转,"我大哥自然配得上这世上最好的女子,我只是想知道,姐姐是怎么想的。"

她怎么想的?

听到这位小公子连称呼都改了,书勤的眼睛眯了起来,显然,这是在给她下套了。问她怎么想,她现在连那闵江的真正样貌还没看清,又能想什么?

真以为她会傻到说"不知道"吗?

还是一本正经地摆出听从父母之命、媒妁之言、君王之令的大义凛然来?

显然,这位小公子这次是铆足了劲儿来的,只怕是不问到答案决不肯罢休的。虽然她若不想说,谁也逼不了她开口,可他要是接二连三地来,她的清净日子可就过不下去了,那可不好,于是书勤灵机一动,用手指蘸着杯中的清茶,在桌子上写了一个字,欣然道:"我就是这么想的。"

闵浚立即瞪大了眼睛看向桌上的字,却愣了愣:"这是什么字,我怎么不认得?"

这是书勤正在看的这本《竹书记》上的字，倒是颇为贴合她同岭南王府的情形，她便索性写了出来。

"小公子自然不认得，这是一种古字，这会儿的人称它为'金龙文'，以前是刻在竹签龟板上的字，我觉得有趣，这几日正在学着认它。"

说到这里，书勤似是恍然大悟般又道："对了，小公子一定没学过，只怕小公子的先生也不认得，你大哥也不认得吧？我实在是卖弄了，既然如此，我告诉你就是。"

说着，又用手指蘸了蘸杯中的清茶，又想在桌案上写字。

"不必！"

倘若书勤不提这些，闵浸兴许就让她写了，可如今她明显是在考他，甚至可以说是在考他大哥，言下之意还透露出他们王府的先生无能，这让他怎么忍得了！所以这少年心性一起来，闵浸的神色也恢复了刚来时的倨傲，略微抬了抬下巴："就算先生不认得，我大哥也一定认得，不用你多事。"

闵浸说完，又仔细看了看桌案上那个即将消失的字，暗暗记在了心里，随即头也不回地走了。

他刚走，卞姑姑就拎着刚做好的点心上来了，按照书勤刚才的吩咐，里面玫瑰蜜酥、玫瑰茶、菠萝糕和芒果甜汤各准备了一些。见闵浸已经走了，不禁皱了皱眉："这点心已经好了，放不得，不如让大家都分了吧。"

书勤向四周扫视了一番，微笑道："可别，万一那位小公子想起来又返了回来，可就糟糕了，我看还是让人送过去吧，反正呀……"

说到这里，她声音顿了一下，又看了眼旁边的莲心："反正肯定少不了她们几个的，是不是，姑姑？"

被书勤盯着，莲心的脸"唰"地红了，然后扭捏地笑道："公主和姑姑对奴婢们的好，奴婢们都记着呢。"

卞姑姑眼神微微闪了闪，也笑道："你们是公主的人，公主不对你们好对谁好？行了，别不好意思了，以后我新做了点心少不了让你们试吃呢，赶快，把这糕点给小公子送过去吧。"

说着，卞姑姑将食盒塞到了旁边一个小丫头的手里，让她立即追上去了……

第四章 平安少女的画像

同天养园比起来，闵江的流心斋可以说是整座王府位置最好的院子了，在内宅里居中靠前，地方不但大，同前院连着，还有一个宽敞开阔的演武场。

原本他日日天不亮就要来演武场练功的，不过前几日晚上下雨的时候他忘了关窗，被风吹到，受了寒，好几天都恹恹的，便索性偷了懒，连门也不出了，躺在房里看书养病。

这日上午，大夫看过后，刚说闵江已无大碍，可以出门走走透透气了，他从小一起长大的好友蓝少陵便来了，手中还拎着一个锦缎盒子，一脸神秘。

蓝家也是当地望族，从闵家坐镇岭南以来，就对他家多有倚重，这么多年下来，两家已成了世交。到了闵江这代，由于蓝少陵同闵江年龄相仿，从小形影不离，好得如同亲兄弟一般。

不过，随着年龄渐渐增长，两人的爱好却各有侧重，闵江喜欢习武，蓝少陵则越发喜欢学文，尤其偏爱一些稀奇古怪的东西，再加上他家常年同海外通商，家资颇厚，故而也常让他得到一些好玩儿的东西拿出来显摆。

比如前一阵子，他就得了一幅画中美人雨天打伞、晴天收伞的画儿，当成宝贝似的送到了闵江这里，邀他一起赏玩。只可惜等了好多天都没等到下雨，于是他愣是亲自在家里摆上香案，求了好几天的雨，直到那日晚上这雨终于被他"求"下来了，结果却换来闵江大病一场。

即便明知这下不下雨同他求不求雨没什么关系，他也没那个本事管天公的事，可见他急巴巴地赶来，闵江还是没好气地讽道："怎么，可是看到了雨天打伞的美人儿？我是不是该恭喜你？"

虽说他的病情已无大碍，可因为受寒伤风，嗓音仍旧闷闷的，这略带沙哑的声音，让他语气中的讽意更甚，不过蓝少陵根本不在乎他的冷嘲热讽，而是"嘿嘿"笑了两声，然后拍了拍手中的锦盒："我的确带来了美人儿，不过可不是雨天打伞的美人，说起来还是你的熟人！"

"熟人？"闵江微微怔了下，"你又起什么幺蛾子，我什么时候认识美人了？这种话可不能乱说。"

"哟，这还没办婚事就这么在意名声了，看来那位端和公主殿下的美貌果然名不虚传。"看他紧张的样子，蓝少陵忍不住打趣道。

"什么名不虚传？"闵江听了轻嗤一声，想到前两次见到的那个身材单薄的少女，"不过是个丫头片子罢了！"

蓝少陵自是知道这位世子大人对这桩婚事颇有微词，以为他只是心里不痛快发发牢骚，所以并没有多想，而是顺势走到桌案前打开了锦盒，拿出了里面的画卷，顺势铺开，招呼闵江道："是不是熟人你过来看看就知道了，我也是偶然从乐清坊的书斋中发现的，便花大价钱买了来，你看像不像？"

看到蓝少陵不像是开玩笑的样子，闵江这才缓步走到桌案前，向画卷看去，却见上面画着一名穿着紫色衣衫的美丽少女，这少女看起来不过十三四岁年纪，工笔画就，身上穿着紫色的宫装，脸上还蒙着一层面纱。不过，虽然有面纱遮着半张脸，但是由于面纱薄如蝉翼，所以少女的五官依稀可辨，可以看出是一位非常美丽的少女。

这少女美虽美，但闵江的确不记得自己见过，所以怔愣片刻后，露出满脸恼意："这人是谁，我何时认得她了？"

"你真的不认识她？"蓝少陵诧异地望着他，又看向桌案上的美人图，"世子爷，难道你还没见过端和公主？你的未婚妻？"

"端和……公主？"闵江闻言一愣，忍不住再次向画卷看去。

蓝少陵不说还好，一说是端和，闵江又细细辨认了一番，发现少女露在外面的一双眼睛倒是同前两日进府的那位有些相似。只不过画上的少女是微笑着的，一双大大的眼睛在眼尾处高高挑起，水汪汪的，很是妩媚，好像在看着什么人。而闵江这两次见端和时，她没有一次是这样对他笑的。

第一次惊魂未定也就算了，可进府的时候，她就从他身边走过，却是连瞥都没瞥他一眼，昂着头就这么过去了，好像根本就没看到他一般，很是高傲。故而后来见她被阿奴那丫头吓到，他才颇感解气地哼了声，算是表达了自己的不满，却不想这位端庄的公主殿下仍旧是连头都没回。

虽说他现在想方设法在劝父王将这桩婚事推了，不想同这位公主殿下有什么纠缠，可也不代表他堂堂岭南王府的世子爷甘于被人这么小瞧，连正眼都不给一个。

他正回想着端和的样貌神态，却听蓝少陵气愤地大叫道："果然是那书斋老板骗了我，我就说嘛，堂堂大安朝公主殿下的肖像怎么会这么容易就能在街上买到。那骗子还对我说，说这画来自一名被贬到此地的画师，两年前他风光时还获邀参加了端和公主的及笄之礼，一见之后甚是难忘，这才连夜画成了这幅画。后来因他得罪了朝中贵人，才被贬到咱们这里的郊县做了一名小吏，家中也越发穷困潦倒，家人便瞒着他将这幅画偷出来卖了。想不到他竟敢骗小爷，小爷这就带人去把他家的书斋给砸了！"

蓝少陵的话让闵江皱了皱眉，若是那位书斋老板说的话是真的，这位名声在外的端和公主当初在平安城的时候还真是张扬，就算是及笄之礼可以广邀宾朋，可作为皇家公主，也不能什么人都请进宫吧？就好像生怕别人不知道她样貌出众似的。

听说这位公主出身不错，就是母妃身体虚弱管不了事，想必也是没有精力亲身教导，行事上才少了些稳重。若不是她这种性格，精明如蓝少陵也不可能相信，在这岭南的书斋，都能买到皇家公主的画像了。

不过，他想归想，如今这位公主就住在他们王府，他们的婚约也还在，他总不能真让蓝少陵去那个什么书斋打砸一通，那样的话，岂不是所有人都知道能在南临随便一个小店里买到公主的肖像了？到时候不管是真是假，丢的不都是他们岭南王府的颜面？

于是闵江只能沉着脸安抚道："我刚才的确一下子没认出来，不过这毕竟是两年前的画像了，这画上的女子又蒙着面纱，看不太真切，但看这眼睛，倒是有几分相似，不如，改日我问问公主殿下，若真是假的，你再去砸那家书斋也不迟。"

听到闵江这么说，蓝少陵才稍稍消了些气，但仍气恨地说道："那你快些问，省得晚了，那小子不认账了，或者干脆关门落跑了。"

闵江吃惊道："难不成这画你花了大价钱？"

蓝少陵撇嘴："你说呢？这画我觉得收到哪里都不如收到你们王府合适，所以不管多大价钱也得将它买下，难不成让未来王妃的肖像流遍大街小巷？即便是公主殿下小时候的也不行吧！"

蓝少陵不愧是闵江从小玩到大的兄弟，有些事情即便不说明，两人也想到一块儿去了，闵江心中感激，缓缓地将画卷卷起，对他笑道："那就谢了。"

两人心照不宣，但是等闵江将画卷卷了个七七八八，只剩下最下面那首小诗还露在外面的时候，蓝少陵却像是想到什么似的说道："对了，上面那首小诗，据说是公主殿下亲笔写的，然后被那个画师拓了上去，你问公主的时候也一并问问，省得再被糊弄了。"

他这句话倒是让闵江又留心了几分，不禁仔细端详了下，发现的确同前几日公主让他们岭南王府一同送回平安城的书信字迹有些相似，但同画中人的眼睛一样，也只是相似而已，便没有太在意，只是点了点头，算是应下了，然后将画卷卷好重新收入锦盒中，放在桌案的角落里。

刚刚把画卷收好，便听见一个公鸭嗓在门外响起来："大哥，听说你的病好得差不多了？"

听到这个声音，闵江的脸上立即露出一个微笑，马上从桌案后面绕了出来向门口迎去："浸儿来了，这几日怎么都没来大哥这边？"

对这个弟弟，闵江一向十分疼爱，而闵浸从刚会走路开始，就几乎成了闵江的跟班，眼见越来越大了，王妃娘娘要他好好读书，每日都给他排满了课程，他这才不能像以前那样总黏着大哥了，每日的探访却是有的。

只要闵江在家，闵浸总有理由来他这里，要么是请教学问，要么是让他教射箭骑马，像这次一连好几日都没来闵江这里，还真是少见。

闵浸暗暗翻了一记白眼，脸上却笑道："我不是怕打搅大哥休息吗？大哥病了，我母妃怕我扰了大哥休养，这才拘着我在房里练字，我都快烦死了，这不，一听说大哥没事了，就立即赶来了。"

他这位继母的心思，闵江还是能猜到一二的，于是也不点破，看到闵浸手中拿着一张纸，上面似乎还写了字，笑道："这次你是找什么借口来的，不会又是请教学问吧？"

闵浸嘻嘻一笑，将手中写着字的纸递给闵江看："正好少陵哥哥也在，你们一起帮我瞧瞧，这个字怎么读？是什么意思？"

接过闵浸递过来的纸，闵江翻来覆去看了几遍，脸色古怪道："这是字吗？这是小孩子乱画出来的吧。"

"我看看。"蓝少陵从闵江手中要过那张纸，仔细看了一番后皱眉道，"这应该是个古字。"

说着，他看向闵浸："小公子，你这个字是从哪里看到的？"

看到闵江和蓝少陵两人果然都不认识这个字，闵浸不由得苦了脸："你们果然也不认识，我这几日问遍了府里请来的先生，他们也不认识，难不成真被那个女人说中了？"

"那个女人？"闵江同蓝少陵对视一眼。

"是呀，就是那个从平安城来的端和公主，这字是她写给我的，还说咱们府里的人一定不认识，我不信，当时就想来请教大哥，哪想到大哥却病了，母妃不让我过来。所以我先去问了先生，他们也不认识。难道真要我回去问她吗？"

"她写给你的？"闵江的眼睛眯了一下，眼角瞥向了自己刚刚放在桌角的那个锦盒，笑了一下，小声嘟囔道，"她还真是喜欢卖弄呢。"

"什么？大哥，你说什么？"闵浚正沮丧着，一时没有听清，不禁问道。

闵浚没听清，蓝少陵却听了个真切，不禁一脸兴味地看向闵江，露出一副看好戏的架势。

"没什么。"闵江又笑了笑，却看向了王府后方，天养园的位置，"大哥的意思是，不用你去问她，我亲自去问她可好。"

"阿嚏阿嚏！"

连打两个喷嚏后，书勤面前出现了一杯热腾腾的姜茶，随即手中的书本便被人抽走了，卞姑姑的声音响起："殿下难道忘记答应奴婢什么了？"

书勤暗暗吐了吐舌头，接过姜茶捧在手中，笑着道："我只是刚才被窗外飘进来的花粉呛到了，姑姑放心，我身体好得很。"

"花粉？"卞姑姑故意看了看窗子外面，撇嘴，"花园在后面，这边窗子对着的是蕉树吧，花儿在哪里？"

看到谎言被无情戳穿了，书勤哼道："姑姑放心，我真的没事儿，偶尔打几个喷嚏，或许是有人惦记我呢。"

"除了我，谁会心疼你？昨夜要不是我把你赶去睡觉，你又要很晚才睡了吧，你是想气死我吗？"

这几日随着书勤认出来的金龙文越来越多，看书的速度又快了起来，眼看就要看完第一册《竹书记》了，这里面记载了很多金龙朝时，甚至更早时期的纪事，同她平日看到的东西很不相同，引起了她浓厚的兴趣，昨晚更是看到了后人对金龙朝第一位皇帝帝熙的评价，兴致大发，恨不得一直读下去，要不是卞姑姑出现，她怕是要熬通宵将第一册读完了。

不过，再怎么说也是她不守约在先，卞姑姑这气生得也的确是有道理，她便无话可说，只能看着她一脸抱歉地笑。

看她只顾着对自己笑，卞姑姑也是没了脾气，一脸恼火地轻轻掐了下她的小脸："行了，别管是不是患了伤风，先把这杯姜糖水喝了吧。别看这岭南天气炎热，若是真病了，看起来也很麻烦，不然世子怎么会一连几天都下不了床呢。他身体健壮尚且如此，若是你的话，我真怕会丢掉半条命去。我还听说这里天气热的时候会生邪风，能将人热死，实在是太可怕了。"

"好了姑姑,你别再生气了,我都听你的,喝了还不行吗?至于邪风什么的,你就放心吧,不过是中暑罢了,到时候咱们注意纳凉就是,莲心都说了,这王府的地窖里存了一窖的冰,实在不行,咱们就搬去冰窖住,肯定比冬天还要凉爽。"

见她越说越不像话,卞姑姑使劲儿点了她的额头一下,嗔道:"行了,别胡言乱语了,真不知道你从那些书里学到了什么,整日疯疯癫癫的样子,哪里像个公主。"

最后这句话卞姑姑是顺口说的,本也没什么,可话一出口,却立即觉得有些心虚,下意识地向周围扫了一眼,看到周围没有别人伺候,这才稍稍松了口气,暗叹自己太大意了。这时书勤轻轻握了握她的手,对她笑了笑:"姑姑说得是,咱们虽离了平安城,可毕竟是从皇家出来的,不能太恣意了,总要有皇家的风仪才是。"

看到她不慌不忙的样子,卞姑姑的心一下子放下来,也点点头:"公主说得是,奴婢记下了。"

也难怪她会说出这样的话,实在是这些日子相处下来,除了性情温和,卞姑姑觉得书勤比真正的公主还要端庄大方,真正应了端和公主的封号。而不是像之前的那位,飞扬跋扈,喜怒无常。

不过可惜,这投胎是先天注定无法选择的,虽然书勤全家获罪前是书香世家,若是不出事,她也算是大家闺秀,可终究只落得抄没为奴的下场,这辈子除非皇帝开恩,否则连自己的生死都决定不了。

喝了姜汤,安抚好了卞姑姑,书勤立即拿着书站了起来,对卞姑姑笑道:"姑姑,我要去藏书楼一趟,午饭你就让人给我送到藏书楼吧。"

说着,她已经抱着书向门口走去,边走边喊道:"莲心,莲心,帮我拿书。"

卞姑姑一愣,脸色又变了,紧追了几步:"公主殿下,你别忘了答应奴婢的……"

"我知道,我绝不在藏书楼留宿,天一黑立即回来。"说着,她人已经闪出房门,到了外面的回廊上。

听闻公主殿下喜欢读书,王嬷嬷特意让人在藏书楼二楼靠窗的位置安置了一台美人榻,这榻很合书勤心意,而且靠在这上面看书也很舒服。

美人榻的旁边放着小几。平日里,侍女换茶或送点心吃食来,都是放在上面就下去了,因为书勤看书的时候喜欢一个人,不喜欢别人在旁边打搅。

环境清幽,卧榻舒适,再加上这几日书勤看书速度的确是快了,所以进了藏书阁不过一会儿工夫,《竹书记》剩下几页她就看完了,竟然赶到了午膳前。午膳之后,她用了些茶点,然后又在卞姑姑的监督下在榻上小憩了一会儿,她这才从书架上拿下了《竹书记》的第二册,结果这次,不过刚到傍晚,她就已经看完了第二册的三分之一,速度突飞猛进。

爱看书的人都知道,若是这书读得顺了,哪怕有一两个字不认识,也不影响对文章的理解,故而才会有一目十行之说。而在这点上,书勤自然是翘楚。

不过,前一阵子她研究金龙文上了瘾,纵然这书的三分之一她已经看明白了,可终究还是觉得那几个她不认识,或者不确定自己是不是猜对了的字不顺眼,所以随着日头西斜,她同卞姑姑约定的时间快到了,她决定暂时先停下来,趁这会儿工夫再找几本能够对照的字帖典籍带回去,等晚膳过后,或者明日上午继续研究。

合上书,离开舒服的美人榻,书勤向旁边看了一眼,发现果然没有侍女在楼上伺候,一时也懒得叫人,径自去找合用的书帖。

这几日为了找用来对照的书,她已经将这藏书楼的一层二层搜寻个遍,更是将各类书所放的位置记清楚,甚至还编纂了一个简单的目录,所以这次不用找,她也知道,这两层楼只怕已经搜寻不到她合用的书了。想起之前自己向王嬷嬷打听过,说是这藏书楼的第三层,放了很多大部头的典籍,于是她决定去第三层碰碰运气。

上楼后,书勤发现这第三层的大小仿佛比一二层要小上不少,不过,由于是顶楼,这里的书架却要比下面两层的书架高上很多,走到一排巨大的书架前,书勤踮起脚尖试了试,发现自己的指尖儿根本就够不到书架最上面的几层,而且不要说她,哪怕是有人比她再高出一头去,也照样拿不到顶端的书。

这让她立即想起刚刚在楼梯拐角处发现的那架下面装着木轮的高大木梯,想必就是用来找书用的,虽然此时她完全可以先从底层的书架找起,可她做事向来喜欢先难后易,所以想也不想便立即去楼梯口处将木梯推了过来,停在了两排书架中间的位置,小心翼翼地爬了上去。

虽说正值夏初,岭南的光照时间也长,可到了傍晚,毕竟比不上早上和午时,即便此时是在藏书楼的顶楼,光线也照样显得昏暗。不过好在这梯子看起来十分合用,顶部不但扁平,竟还用锦缎裹了数层,可以让人舒服地坐在上面。书勤暗叹设计梯子的人心思缜密,竟然想到了这点,然后便迫不及待地爬上了梯顶,坐在锦缎上,搜寻起眼前的书来。

这梯子虽然坐着舒服,可毕竟书勤视野有限,只是看了眼前的几本,便不得不下

了梯子将它重新移动一个位置，然后继续找寻。片刻过后，书勤才发现自己果然是应该找个侍女过来帮忙的，因为，即便她不知道自己想找什么书，但是最起码能在下面推推梯子，也省却自己爬上爬下的。就算她腿脚利落不怕麻烦，耽误时间却是一定的，尤其是这个时辰，卞姑姑随时都会过来叫她回去，到那时肯定又是一番说教。

上下几次后，书勤终于决定放弃以往的习惯，等查完自己身边的这两排书架，就老老实实地推走梯子，还是先从底层的书架找起，也算是有始有终。

眼看再换一次位置就能把身边的这两排书架的顶层查阅完了，书勤正要从梯子上下来，但大概是有些心急的缘故，她向下爬的时候，脚下一滑，晃动了下梯子，梯子下方的木轮竟然移动了一段距离，差点儿就把书勤甩下去。

好在她反应及时，立即抓住了书架的横隔，不但稳住了自己的身体，紧紧钩住梯蹬的脚尖也稳住了木梯，总算是没有立即酿成"血光之灾"，让自己从梯子上跌落下去，摔个头破血流。

不过，虽然书架稳固结实，可被书勤这一抓一带，还是难免有些微晃动，即便晃动幅度不大，可还是把最顶部的几本书给陆续晃落了。

从第一本书落到地上发出声响开始，书勤就心疼不已，她想尽快稳住书架，阻止更多的书继续掉落，却已然有心无力，她单是保持自己的平衡都很辛苦。

就在她着急忙慌地想要维持自己、书架和梯子不会倒作一团的时候，却听到一个沙哑的声音突然在下面响起："什么东西？"

这个突然冒出来的声音，差点儿就打破了书勤好不容易稳住的平衡，她立即循声望去，却见在书架的那头出现了一个穿着紫袍束着金冠的男子，而刚刚从书架上掉落的那几本书刚好就落在他的脚下。

而随着书架的晃动，又有几本书从最上面落了下来，这一次，这个男子也算是有了准备，立即向后跃去，这才没让这几本书砸在头顶上。

不过，终究这些书的掉落砸了他一个措手不及，他在后退的时候方向有了略微的偏差，狠狠撞到了另一边的书架上。

他这一撞，可比书勤厉害多了，也不知道他使了多大的力气，竟然把书架撞得歪斜了几寸，然后书架同地面刺耳的摩擦声响起，书架紧跟着剧烈地晃动起来，而随着这晃动，上面放着的大部分书全都被晃落了，"噼里啪啦"地掉落一地。

听到这些珍贵的书摔在地上的声音，书勤觉得自己的心都要碎了，可更可怕的还在后面，大概是怕被砸到，再加上书落得太多，实在是躲闪不及，这个紫袍男子干脆对这些无辜的书拳打脚踢起来，竟将它们全都打飞了出去。

于是，这些可怜的书在他的击打下，或是重重地摔到了地上，或是摔到了墙上，或是砸到了书架中尚未掉落的其他书上面，让更多的书遭受池鱼之殃，也悲惨地从书架上掉落，抑或是直接被他踢出了窗子，愣是从三楼开着的窗口飞了出去。

而到了最后，等该掉落的书掉落得差不多了，书架的晃动也因为重量的减轻越来越大，甚至眼看要倒下的时候，紫衣男子这才出手将几乎已经空了的书架稳稳扶住，阻止了它翻倒的危险。

这一切发生的时间短促，也实在是书勤平生仅见，说是奇观也不为过，只是，在目瞪口呆了片刻后，看着散落一地的书本，以及仿佛仍旧在耳边回荡的纸张破裂声，书勤觉得每一本书、每一声响动都像是刺在她心头上的刺，于是连想都没想地怒喝道："是谁让你进来的？你怎么能如此莽撞？你知不知道这里是什么地方，知不知道这些书有多珍贵？几本书砸到头上又不会多疼，现在倒好，被你弄成了这样，若是真有书因此毁掉或者缺损，你就是千古罪人！"

说着，她已经快速从梯子上爬了下来，开始心疼地就近捡拾脚下散落一地的书册，同时大声唤道："莲心、莲心，卞姑姑，王嬷嬷，来人来人……快……快来人呀……"

"书砸在头上又不会疼？"听到这位公主殿下的话，闵江的脸色一阵青一阵红的，然后他冷笑一声，手上突然一发力，原本被他扶稳的书架竟然向后挪移了一段距离，"若是书架呢，书架砸下来也不会疼吗？"

虽说他刚才撞得那一下的确有些重，可他发觉不妙之后已经立即做出补救，扶稳了书架，否则的话，这座书架若是翻倒，那可就不是掉几本书的事了，当场把这位公主殿下压在架子下面都有可能，如今倒好，她倒说什么砸几下又不会疼。

闵江很后悔，他真应该让这位公主殿下好好承受下书架的重量才对。所以刚刚这一推，他真有心把这书架干脆推倒算了，但好在他知道这里是什么地方，没有生气到连自家东西都祸害的地步，所以临出手时才留了力，没有引起更大的灾难——这藏书楼的书架一个挨着一个，若是倒了一个，想必接下来的场面一定会很壮观吧！

闵江的伤风才刚刚好，说起话来声音还很嘶哑，可正因如此，这几句话从他口中传出来，竟透着森森冷意，这个时候，书勤才想起来还不知道他是谁。按说在这个时间能大摇大摆进入天眷园，还不受阻挠地进入藏书楼的人在府中的地位一定不低，而

且，他身上的紫袍也不是什么人都能穿的。

电光石火间，她隐隐猜出来人的身份，有心要看清他的样貌，只可惜两人分隔在书架两端，再加上日头西斜，闵江还站在背光处，凭着书勤的眼力，哪怕把眼珠子瞪出来，都不可能看清他的容貌，只能凭着他头顶位于书架的位置，判断出他身量很高，比她至少高出一个头去，再就是脸色很白，皮肤应该不错，至于面目五官，一如既往地是模模糊糊的一团。

她正想说些什么确认下，却听楼梯口传来一阵杂乱的脚步声，想必是这三楼的巨大动静，以及她的唤人声终于将侍女引上来了，她甚至隐隐听到卞姑姑的声音："怎么了？怎么像是公主的声音……公主刚刚不是还在楼下看书吗？"

闵江也听到了这些声音，脸上闪过一丝不耐，他此次来天养园的确是悄悄来的，只是路上听侍女们说公主在藏书楼，才突发奇想径自拐了过来，却没想一来不但被书打了头，还差点儿被书架砸到，这些尚且不算，居然还被人像训小孩子一样大声呵斥了一番。

这位公主殿下喊得这么大声，先不说如今这藏书楼一片狼藉，单是被王府中的其他人知道他竟被一个女人如此不留情面地呵斥，就已经让他颜面尽失了。退一万步讲，就算他不在乎面子，可一会儿下人来了他能怎么办，当着下人的面再吼回去吗？

那样的话不但情况更糟，他也更窝火。

于是闵江向后退了一步，藏到了阴影更深的地方，轻嗤了一声，面无表情道："公主殿下放心，这藏书楼本就是王府的，这书也是我们岭南王府耗费了几代人的心血搜集来的，'千古罪人'这个词我们可担不起！"

说完这些，他的身体又往后撤了撤，将身形彻底隐藏在黑影中，竟然就这么走了。

若是之前只是猜测，可听到闵江的这声轻嗤，书勤已经可以百分之百确认他就是那位喜欢"嗤"人的世子大人了。虽然这声音相比之前显得有些嘶哑，可这种不屑的语调和尾音有特点的挑起，早已深深地印在书勤的脑海中。随之联想到卞姑姑说这位世子大人大病初愈，所以他声音的嘶哑反而更加印证了他的身份。

不过，被他这么一嘲讽，书勤才意识到，自己一急之下，"千古罪人"这个词用得的确是有些重了，只是看到这么多的书被如此对待，也不能怪她口不择言。恰在这时，楼口方向传来一阵请安声，应该是卞姑姑她们遇到了打算离去的闵江。

于是，书勤只听闵江用沙哑的声音回了句"书掉了，你们去帮公主殿下捡捡吧",然后便再也听不到他的动静,想必是下楼离开了。

没一会儿,卞姑姑便领着几个侍女来到了书勤面前,看到脚下散落一地的书册先是吃了一惊,等她抬头看到书勤旁边那架高大的木梯时,脸色则"唰"地白了,大喊一声:"殿下,您没事吧?"

说着,她就要向书勤冲过来。

"你们不要动,我过去!"

书勤见状急忙大声阻止,着实将一众侍女吓了一跳,也就是卞姑姑知她甚深,虽然很想立即查看她的情况,可还是伸出手臂,不但自己停住了脚步,还阻止了其她侍女冲过去。

这一次,书勤总算及时阻止了众人对这些可怜的书的第二次"践踏",见卞姑姑停下了,她这才拎起自己的裙子,小心翼翼地沿着没有书本的地方穿过了书架,走到卞姑姑面前。

她刚到卞姑姑跟前,就被卞姑姑一把拽到了旁边空旷的地方,上上下下仔细看了个遍,又胆战心惊地看了眼那架巨大的木梯:"公主可是爬梯子了?"

书勤脸色一汕,点了点头:"那梯子很稳的,也很坚固,我是不小心……"

卞姑姑脸色一沉,立即对身后吩咐道:"快……快去请大夫。"

书勤一怔:"姑姑,我没事,也没摔到,不用……"

不等她说完,却感觉卞姑姑使劲儿捏了捏她的手,她只得暂时闭嘴。只听卞姑姑对旁边不知道是该听谁吩咐的莲心说道:"公主受了惊,快去请大夫来看看。"

"是!"莲心这才连忙应了,急匆匆去请府中的大夫了。

莲心走后,卞姑姑这才从另一个侍女的手上接过披风,轻轻搭在书勤身上,沉静道:"公主,天色已晚,咱们先回房吧。"

"可是姑姑,这些书……"看着地上散落的书籍,书勤一脸的不忍。

"这书自会有人收拾的。"

这一次,卞姑姑又使劲捏了书勤的手一下,书勤这才勉强听了她的话,一步几回头,恋恋不舍地下楼去了。

回了房间没一会儿,府里的大夫就被莲心请来了,替书勤诊查一番后,又简单听了下午发生的事情,便为书勤开了安神的药,还一再叮嘱要静养。

莲心随大夫去开方子,书勤却仍旧挂心藏书楼那落在地上的书,连忙请王嬷嬷带

着侍女们去收拾，最起码，也要把书放回书架上，次序什么的可以暂且不管，只是要尽量保证那些书不在地上过夜。

卞姑姑拗不过她，只得去请王嬷嬷帮忙。尽管王嬷嬷平日不怎么在书勤跟前露面，但是该她做的事，她向来不推辞，公主既然有令，她便立即带着侍女们去收拾藏书楼了。

趁着侍女们都不在的工夫，卞姑姑这才有机会同书勤单独说话，低声问道："到底怎么回事？怎么世子黑着脸离开了？我好像还听到你大喊的声音，可是……可是世子对你不敬……"

若不是世子突然出现在楼梯口，她们竟无一人得知世子竟然也在楼里，别人或许觉得没什么，卞姑姑却觉得非同小可，生怕书勤私下里露出什么形迹来，被世子察觉身份。

听到卞姑姑的话，书勤翻了个白眼，简单将事情的经过说了一遍后，撇嘴道："姑姑想到哪里去了，他突然出现在藏书楼里吓了我一跳，没错，我的声音的确是有些大，可那不过是见他把书都从书架上撞下来，心疼之下，说了几句重话罢了！谁知他就这么黑着脸走了，好像我冒犯了他似的，你知不知道？还有好几本书被他踢到窗外去了，也不知道还能不能找回来，是不是破掉了。"

回想起刚刚那一幕，书勤只觉得自己的心犹在滴血。

卞姑姑自然知道书勤爱书如命，一本书不管多精彩，她看了多少遍，到最后仍旧是平平整整的，尤其看不得人毁书。

她记得有一次公主一怒之下将自己书房里的一本书撕了个粉碎，书勤后来偷偷收集起书的碎片，搂在怀里哭了好久，竟用了一夜时间，将这本几乎已经化成碎片的书一页页拼凑好了，又誊抄了一本新的，结果第二天一早大家看到她的时候，她的眼睛肿得就像是一对烂桃子。

最后，她将自己誊抄好的书重新放回公主的书架上，而剩下的书本碎片，则被她埋到了皇宫里青湖的湖边，每到这本书被毁掉的那日，她还会去湖边看看。古人葬花葬玉，她却葬书，实在是称得上百年难得一遇的书痴了。

只是，就算这书掉了，却也没到被毁的地步，更何况对方是世子，是这岭南王府未来的主人，端和公主未来的夫婿，就算再生气，也没必要对他大喊大叫，难怪刚才在楼梯口遇到世子的时候，他的脸色会那么难看了。

想到这里，卞姑姑叹了口气，嗔怪道："即便如此，你也不该对世子那种态度，毕竟……他是世子呀!"

其实书勤现在想起来,也觉得自己当时有些太过急躁了,只是当时,她的确没认出那是世子,要是认出的话……

书勤转念一想,就算自己认出了他,可在当时那种情境下,她也难保自己冲动下不会用那种态度对待他,要知道,书在她心中的地位可不是随便哪个人就能代替的。

只是她心中虽然这么想,对卞姑姑她可不敢这么说,而是一脸委屈道:"姑姑,这件事真的不能怪我,我……我当时根本就没认出他来,他就那么突然出现了,还把书架差点儿撞倒,竟然还把书踢到窗子外面去了,我惊恐之下声音难免大了些,而且后来我发觉不对,也大致猜出了他的身份,也就没有再说什么了,反而是他恼了,就算是世子,也不能不讲理吧,再说了……我……我还是公主呢……"

说最后几个字的时候,书勤心中已经没了底气,这还是她第一次用这个身份当作挡箭牌,所以看向卞姑姑的眼神也充满了试探,不知道自己这么说,卞姑姑会不会觉得她不自量力,真的把自己当公主一般娇贵了。

不过,也正是这句话提醒了卞姑姑,她的眼睛一亮,脸上的嗔怪转瞬间消失无踪,而后她皱了皱眉,沉吟了一下道:"对,你说的没错,你可是大安朝堂堂的公主,的确也该有公主的气势,这件事情,是我太小心了,反而……反而会让人生疑……"

书勤没想到自己的推托之辞竟然让卞姑姑如此在乎,又小心翼翼地觑了她一眼,却看到她似乎陷入了沉思,仿佛在思考什么事情,一时间反而不敢再出声打扰她了。

只是,明明刚才卞姑姑的脸上是肯定的神色,她却觉得自己似乎说错了什么话,反而让这件事情往不可预知的方向发展下去了。

卞姑姑沉思良久才回过神来,又皱了皱眉:"对了,你已经见过世子两次了,怎么这次会没认出他来?他可是躲在一旁,突然跳出来吓到你了?不然的话,你好端端的怎么会差点儿从梯子上滑下来?"

见刚才还在责怪自己的卞姑姑,不过是片刻工夫便想着把一切罪责推到世子头上去了,书勤再不喜欢那位毁书的世子,但人还算是厚道的,没有借机全赖到那位世子大人的头上,而是支支吾吾地说道:"那个……那个……我的确没认出他来。"

"没认出来!"卞姑姑瞪大了眼睛,"你可是见过他两次了,而且第二次他就在迎接你的队伍里,离你也不算远,更何况第一次的时候他也算是救了你一命!"

"可我就是没认出来嘛！"书勤小声嘟囔道，"第一次太远了，他又穿了铠甲戴了头盔，我怎么能看清？至于第二次……实在是人太多了，我还没走到岭南王一家的跟前，便被王妃拉走了，只顾着听王妃说话，哪顾得上看周围那群黑压压的人头，辨认他们的长相？而且，若是当时我使劲儿往他们脸上瞅，也未免过于失礼，索性也就不瞧了。"

卞姑姑扶额，对书勤这毛病她自然早就知道，因为她不仅眼神不好，更不容易记住陌生人的样貌，有时候她在想，是不是她对诗文的记忆力太过强大，才会在这方面弱得不像话，简直就像是个白痴。

不过这个小"白痴"刚刚竟然说她又认出来了，这倒让她有些奇怪了，不禁又问："那你又是怎么将他认出来的呢？"

关于这一点，书勤倒是没什么隐瞒的，说道："这还不容易，他当时头束金冠，身穿紫袍，这又岂是一般人能穿得了的，还是在这王府里，所以，他只能是这王府里的主人。不过，我当时虽然不能完全确定他就是世子，可后来有一件事情还是让我最终确定来人是他！"

"既然不是样貌，那是什么？"这下卞姑姑更好奇了。

书勤再次撇嘴："姑姑，难道你没发觉，世子很喜欢对人'嗤'来'嗤'去的吗？他临走的时候，就是'嗤'了这么一下，我听着耳熟，这才肯定是他，你说说看，他心里是有多看不起人，才会动不动就对人'嗤'过来'嗤'过去的呢……"

说到这里，书勤正想再吐槽一番，却听门外传来一个小厮的声音："公主殿下，世子让我送东西来了！"

听到这个声音，卞姑姑和书勤都吃了一惊。

这人，究竟什么时候站在外面的？

书勤和卞姑姑交换了一个眼色，刚才为了方便大夫诊病，书勤是半躺在客厅的卧榻上的，此时也是在卧榻上同卞姑姑说话，卞姑姑急忙从旁边把屏风打开，遮住书勤，自己则站在屏风的外面，然后书勤才道："进来吧。"

房门一响，一个看起来十五六岁的少年进了屋，走到了屏风前面。他的手中托着一个盘子，上面似乎放着什么东西，可惜隔着屏风，书勤看不太清是什么，只知道一个细长且窄，一个方方正正。

只见少年先是向书勤行了个礼，这才道："公主殿下，我是流心斋的剑生，世子让我送些东西给公主。"

"世子送东西给我？"书勤的脸上闪过诧异。

此时，卞姑姑早已走上前去，接过了剑生手中的托盘，绕过屏风，拿到了书勤的面前，书勤翻了翻，发现那个方方正正的东西是个布包裹，而另外那个细长且窄的是一个锦盒。

这时只听剑生又开口道："这布里面包的是书，是世子着人从院子里面寻回来的，世子说了，一共是三本，一本也不少，也没有破损，公主就不用杞人忧天了。"

这会儿书勤已经打开了布包，果然发现是三本书，看到书角边上还有薄薄一层尘土，想必就是闵江踢出窗户的那几本。她又拿出一本翻了翻，发现里面尚算完好，这才算是松了一口气，脸上不由得露出笑容："世子有心了。"

不管怎样，只要书没事就好。

而这个时候，却见剑生抬头对书勤笑了下，又道："另外就是世子送给公主的礼物了，世子让我转告公主，这是他朋友从一间书斋里找到送给他的，看着有趣，干脆转赠公主，希望公主能喜欢，平日忆起在平安城的往事，也能多些趣味。"

剑生这话说得甚是别扭，书勤听了只觉得十分拗口，但既然是人家送她的礼物，她也不好多说什么，只得道："代我谢谢世子。"

说着，她转头看向卞姑姑："姑姑，你不是有新做好的点心吗？给世子装几盘，让剑生带过去吧，也算是我对世子的谢意。"

经过上次闵浚的事情，书勤发现，卞姑姑的糕点简直可以说是最好最经济的礼物了。

端和公主同临安侯世子私奔，带走了很多金银细软，银票也几乎全带走了。她们本以为来了只要能成亲，嫁妆里的首饰银钱就可以用了，哪想到岭南王府竟然将她晾了起来，在银钱上实在是有些捉襟见肘，只靠着端和没来得及带走的些许金银首饰压箱。这要不是在岭南王府不需要担心一日三餐，吃穿用度之类的只要吩咐一声也就送来了，只怕她同卞姑姑真的要为生计发愁了。

卞姑姑应下，立即绕到屏风外面，打算带着剑生去厨房拿点心，不过，看起来剑生犹豫了一下，似乎还有话要说，只是后来又瞅了眼面前的屏风，这才闭了嘴，对卞姑姑道了谢，随她下去了。

卞姑姑去厨房帮剑生装好点心，去藏书楼收拾书本的侍女们也大都回来了，她便

令她们下去准备摆饭，然后又回了书勤的房间，想要问她是在房里吃，还是去饭厅。可一进屋，却见书勤已经离开了木榻，脸色苍白地坐在书案后面，而此时书案上则摆着一幅画，旁边则是一个打开的细长锦盒，正是刚才剑生随书一起送来的那个。

卞姑姑吓了一跳，连忙走过去："出什么事了，你的脸色怎么这么难看？"

书勤摇了摇头，指向桌案上铺着的画："姑姑，你看这是什么？"

卞姑姑这才低头看去，待她看清楚画上的那人，脸色也"唰"地变了……

第五章
盛装赴宴巧周旋

流心斋的书房里,闵江正拿着一本书默不作声地瞅着,而在一旁的椅子上,蓝少陵则优哉游哉地喝着清茶。

上午送画来的时候,听说闵江下午要去找公主殿下,所以天色稍暗他就又来了,实在按捺不住想知道这位世子大人此行有何收获。

只是没想到,他刚到不久,茶还没喝上,就看到闵江黑着脸回来了,手中还拿着几本沾满尘土的书。

他本想问他发生了什么,岂料不问还好,问过之后,他白了他一眼,摆出一副根本不想搭理他的样子,他由此猜测他一定是受了那位公主殿下的气。

于是他转而问他手中的书,却没想到,他盯着那几本书看了好一会儿,便唤来了剑生,如此这般地叮嘱了一番,便让这孩子去送"礼"了。

听到他嘱咐的那些内容,蓝少陵方才肯定这次这位世子大人不但受气了,而且还受了很大的气,不然的话,何时见他小肚鸡肠地同一个女子计较?让人传的话还含沙射影的,实在有失男子气度。

于是乎,这让他觉得实在不虚此行,他就索性留下来,想听听剑生回来如何回话。

终于,不过是小半个时辰的工夫,剑生便拎着一个食盒回来了,向闵江禀报了去天养园时的情形。

听他说公主看到书,言语间似乎很开心的样子,闵江哼了一声:"不就是几本书,我看她就是故意的,只是想显摆她公主的威风罢了,她可别忘了,我可不是那些平安城里的驸马,是她自己嫁过来的。"

说到这里,他又问剑生:"后来呢,她看了我给她的东西了吗?怎么说?"

剑生摇摇头:"公主刚请了大夫,正在卧榻上休息,还隔着屏风,小的就算按照世子的吩咐,想法子让她当着小的面打开画卷,小的只怕也是看不清她的表情,所以……"

"所以,你就这么回来了?"闵江一脸恼火,又低头看了看他手中的食盒,嗤道,"不就是点心吗?难道你在流心斋还少吃了不成?真是给本世子丢人。"

"这也不能怪他。"这个时候,蓝少陵上来替剑生解了围,接过他手中的食盒,"那可是公主,岂是他想怎样就怎样的?再说了,她要给,他还能不要?他再机灵,你也不能这样难为他吧。不就是盒点心,你不吃的话,正好我喝茶喝得口中寡淡,就帮你尝尝吧。"

但是接过食盒后，他却笑着斜了如释重负的剑生一眼："不过，我也知道你小子耳聪目明，你家世子让你送东西，你不会只送了东西吧？说说吧。"

剑生眼珠一转，然后看了眼闵江："我去的时候，公主的人都被派去藏书楼收拾了，走廊上没人值守，我就在门口多停留了一会儿……"

说到这里，他一下子停了，抬头看向闵江，那副样子似是犹豫，又似是觉得好笑，不知道怎么开口。

看到这小子竟然学会了卖关子，闵江一瞪眼，骂道："难道还让本世子求你吗？不过是说了你几句，你倒是敢记仇。"

"小的怎么敢。"剑生看到闵江的脸色终于缓和了几分，这才开口道，"小的其实也不是故意听的，不过是小的正想敲门的时候，听到里面的那个姑姑问公主'不是样貌，是什么'好像是要品评什么人，所以小的便没敲下去。"

剑生学下姑姑的语气学得很像，闵江虽然只见过她几次，可还是听出来了，于是又问："样貌？什么样貌？在说谁？"

"您慢慢听小人说呀。"

剑生连忙道，然后他特意将声音捏得极细，夸张地模仿起书勤的语气，重复着当时书勤说的话："姑姑，难道你没发觉，世子很喜欢对人'嗤'来'嗤'去的吗？他后来临走的时候，就是'嗤'了这么一下，我听着耳熟，这才确定就是他，你说说看，他心里是有多看不起人，才会动不动就对人'嗤'过来'嗤'过去的……"

还不等剑生模仿完，只听"噗"的一声，蓝少陵刚刚入口的茶被喷了出来，然后他边用袖子擦着嘴，边哈哈笑道："这还真是……这位公主说得还真是……"

"真是什么！"

闵江此时脸都黑了，狠狠地瞪了他一眼，这让蓝少陵总算收敛了些，但脸上的笑意却是怎么都收不回去的。

于是他在又看了闵江一眼后，用手捂住自己的嘴，将脸别到了一旁，尽量不让闵江看到自己此时脸上的表情，可他的肩膀仍旧不停颤动着，显然是忍得极其辛苦。

"后来呢，她还说什么了？"

"后来……后来……"看到闵江的样子，剑生撇了下嘴，"后来小的正要再接着听,去藏书楼的侍女们回来了,小的就不敢明目张胆地站在门外了,就立即敲门进屋了。"

剑生说完,闵江黑着脸沉默了好一会儿,而一旁的蓝少陵也终于渐渐止住了笑,尽管他再没有那种忍笑的扭曲表情,可露出的那副想看好戏的样子,却让闵江更加不爽。

于是,闵江本想像以往那样不屑地"噬"一下,好表现自己的满不在乎,可这个声音临到嘴边却愣是咽了下去,"呵呵"了两声道:"真是一派胡言,她这是已经不知道怎么诋毁本世子了吗?"

听他这么说,蓝少陵先是挥了挥手让剑生退下,然后一脸兴味地说道:"世子,所以你才将我寻来的那幅画送给她,还让剑生对她说了那番话,意在讽刺公主以前的张扬?"

"怎么?"闵江眼睛一瞪,"只许她骂我是千古罪人?"

"千古罪人?"蓝少陵怔了下,这才知道这位世子大人为何这次如此恼火,"原来如此,难道是在藏书楼发生的事?"

闵江脱口而出,本来已经很后悔了,此时看到蓝少陵脸上八卦的笑容,心中更是恼火,索性不理他,而是转身往外面走去,边走边说道:"都这个时辰了,你怎么还不回府?我这儿可没备你那份晚膳,赶紧走。"

眼看世子大人恼羞成怒,连逐客令都下了,蓝少陵可不想再赖在王府讨人嫌,于是拎起剑生拿回来的食盒,不急不恼道:"行了,我还说一会儿请你去九安楼吃鱼呢,既然你家里备了,我也省了,这点心看着不错,我拿走了,过几日把食盒送回来。"

他虽然刚才是为了给剑生解围,可他家有个小妹妹倒是很喜欢吃甜食,既然这位端和公主是从宫里来的,还用这种点心做回礼,蓝少陵猜着这点心的味道应该不错,权当是回去哄那妮子去了。

看到蓝少陵毫不客气地拎着食盒哼着小曲走了,虽然对他这种连吃带拿的坏毛病打小就习惯了,今日的闵江却忍不住在他身后讽刺了几句。不过也不知道闵江自己有没有注意到,在这过程中,他那宛若口头禅般的轻噬声消失了,即便再不满,也大多换成了呵呵的冷笑。

来日方长,这位气质同封号毫不相符的端和公主,总不至于比蓝少陵那家伙还愚笨,连他送她那幅画的用意都看不出来吧?

难道只有他觉得，这位端和公主之前在平安城的所作所为，像极了展开尾巴恨不得炫耀给所有人看的孔雀吗？

浴室里云雾缭绕，随着一股股奇异的香气伴着水汽在屋子里挥发开来，卞姑姑嗔怪的声音响起："公主，您再坚持一会儿，大概还有一炷香的工夫，您就可以出来了。"

"可是姑姑，我真的已经很困了，要不，您让我先睡会儿，就一会儿……"

声音是书勤的，只是她说着说着声音却弱了下去，听起来好像在梦吟，显然已经困得不行，于是卞姑姑只能无奈道："公主殿下，您想睡就睡吧，不过千万别滑下去，否则会淹到的……"

只是这句话刚刚说完，却听她惊呼道："咦……公主，您醒醒，您滑下去了，滑下去了……"

随着一阵"哗啦啦"的水声响过之后，浴室里传来书勤剧烈的呛咳声，随后是她用鼻音发出来的带着哭音的哼声："姑姑，您就放过我吧，您都折腾一晚上了，我实在是困死了！"

"公主听话，马上就好了，等一会儿出来后涂了香膏，就没事了，您也可以小眯一会儿……"

不过边说着，卞姑姑边小声嘟囔道："你平日看书入迷的时候比这晚睡多了，那会儿也不见你困成这样，这才什么时辰啊！"

"啊，还没完！"听到卞姑姑这么说，书勤又发出一声哀叹。

终于，等出了浴桶，涂完香膏，然后又等到卞姑姑帮着她将身上的香膏擦掉，书勤才终于被允许穿上寝衣离开浴室，此刻原本困得睁不开眼的书勤，已经完全走了困，一双眼睛炯炯有神地瞪着镜中的自己，听话地让卞姑姑在身后替她擦拭头发。

看着镜中眼睛瞪得溜圆，却一声不响的书勤，卞姑姑扫了几眼，然后叹了口气："其实你同那人的眼睛倒是蛮像的。"

书勤一怔，然后自嘲地一笑："我又怎么比得上她？就算眼睛像又能怎样？终究是云泥之别。"

卞姑姑有些不甘："其实，她的那些诗文，全是……"

不等她说完，书勤立即打断她："姑姑放心，那画送来的用意未必就是咱们想的那样，只不过咱们总要做最坏的打算罢了。我倒觉得，那画在那个时候送来，应该有别的意思，您可别忘了，在那之前，我可是刚刚得罪了这位岭南王世子，他若真是咱们想的那样，不是应该立即拆穿咱们吗？又何必将这最好的证据送给咱们呢？"

从她进入岭南王府之后，除了一般的生活用度王府予取予求外，其余的人却很少来看她，不要说王爷、世子，就连那日刚进门时看起来十分热情的王妃都未曾来过天养园。

书勤凭此猜测，只怕岭南王府并不是很中意这桩婚事，再加上路上又出了那种事情，岭南王府更有借口借着查找凶手的机会向后拖延婚期，想必第二天送去平安城的信，必定提起了此事。

如今她到岭南王府已经一个月有余，按理平安城那边的回复也应该快到了，怕是等岭南王府接到了皇帝的旨意，她在这王府中才能有自己的定位。

而若是此时这位世子大人抓住了自己的把柄，恐怕第一时间就报到平安城去了，要不就是拷问她那位的下落，又何必将这么重要的证据送给她？

她可不觉得这位世子大人对她有什么旖念，否则的话也不会对她"嗤"来"嗤"去的了。

因此经过了刚看到那幅画的震惊后，这几日书勤已经想通了许多，又联想到剑生来送东西时那一番话，也算是理出了些头绪来，并没有之前那种即将被人戳穿的惶惶了，人也渐渐冷静下来。

"公主虽然说得没错，可这幅画，怎么就到世子手里去了？万一是有心人……"

虽然卞姑姑很想相信书勤的判断，可她终究是心虚的，就算那幅画是那位两年前的样子，还蒙着面纱，可她作为身边人一眼就能看出不同来，自然会认为别人也能察觉出来。

想到这里，卞姑姑有些嗔怪地叹了口气，压低了声音："也怪那位，平日太张扬了些，宫里的……可不止她一位，哪位会像她一样，诗文也就算了，连这种小像都能流落到民间来，竟然还出现在岭南，哪怕一般的大家闺秀，也不能任由自家女儿的画像在坊间让人品评呀！"

"姑姑，你别着急了，毕竟岭南还远，估计也不会总有这种事情发生，咱们少安毋躁就是，若是自乱阵脚，那可就得不偿失了。"书勤笑着安慰道。

书勤的一番话，让卞姑姑觉得烦乱的心绪总算安定下来，正好也帮她将头发擦干了，便开始帮她梳头："今日太晚了，明日我再调些养发的香膏出来，你的头发虽然黑亮，可毕竟不如那位打理精细，稍显毛糙，发尾都开衩了，这样可不行。"

听到卞姑姑又说到什么香膏上去了，书勤只觉得头都大了几圈，小声求道："姑姑，我觉得我的头发挺好了，就别再麻烦了，你就算是给我镀上一层金，我也变不成金凤凰呀！"

"说的哪里话！"卞姑姑一瞪眼，"你别忘了你之前对我说过什么，你现在可是公主，自然应该有公主的气度和气派，诗文上你肯定是没问题的，可其他方面你就差远了，整日什么都不在乎，早晚被人瞧出不妥来。我昨天同你说的那几种香料你记住了吧？还有公主小时候的一些事。"

"记住了记住了，我的记性你还不放心吗？只要不让我记人脸。"看到卞姑姑的眉毛都竖了起来，书勤不敢再说什么，深深后悔那日为了推责，说出"我也是公主"这句话来。

从那日之后，卞姑姑可就铆足劲儿地"折腾"她，希望她能从里到外都像个"金枝玉叶"，甚至还劝她不要老对下人和颜悦色，毕竟当初在宫里，端和公主的脾气差和善变也同她的诗文和美貌一样是出了名的。这要不是她拿着"在人屋檐下不得不低头"这句话说动她，只怕这几日莲心她们可少不了被她这个"善变"的公主折磨。

书勤的记性卞姑姑自然是放心的，只是她的眼睛令人越发不放心了，犹豫了一下道："眼下的情形，想必你有眼疾这件事也不好让王府的大夫知道，可又不能就这么下去不管，总要想点儿法子才好。"

关于这一点，书勤却不觉得有什么不能说的，毕竟除了宫中那个为自己诊治的太医，也没几个人知道公主的视力如何，就算被人知道她有眼疾，也很好过关，并不是什么大事。可最近卞姑姑总是忧心忡忡的，书勤也不好反驳她什么，让她更加担心，只得连连点头应了。

替书勤打理好头发，又看着她上了床榻，卞姑姑这才离开，临走前还替她灭了灯，这让书勤想找时间看几眼书都没机会，不过脑袋一沾枕头，刚刚被赶走的困意又再次回来了，她很快就进入了梦乡。只是这一夜，半梦半醒间，书勤似乎看到了很多过去的事情，有家里发生的事，还有宫中的事，更有来岭南这一路上的点点滴滴……

迷迷糊糊间，她似乎看到了一个身影从自己的眼前跑过，待她追上去，却发现那个身影正背对着她站在悬崖边上。

她看着害怕，正要去把那人拉回来，却不想那人竟然回了头，她的头发随风飘散着，一言不发地看着书勤，然后对她凄然一笑。

"画意？"书勤脱口而出，可本已经冲出去的脚步，竟不知为何走不动了，只能像根树桩子一样立在原地。

"公主殿下！"画意看着她，幽深的眸子里充满了哀伤，"为什么你成了公主殿下，而我却要死呢？"

"画意！"

书勤大叫着想要拦住她，也终于迈出自己的脚，可她终是晚了一步，眼睁睁看着对方就这么掉了下去，她趴在崖边，看着急速坠落的画意，看着画意在云雾下飘散的长发，却无能为力。

而渐渐地，她突然发现画意的脸变了，变成了那幅画上的少女，十四岁时的端和公主，谁知眨眼的工夫，又变成了她自己的脸，随即她感到自己的身体下坠再下坠，最终融化在了一片黑暗中……

"啊——"

书勤一下子从床榻上坐了起来，她茫然地看向四周，发现自己还在房间里，而此时已有天光从窗外透了出来，却是已经大亮，刚才吞噬她的黑暗也早已消失无踪。

惊魂未定之时，听到一阵脚步声响起，是莲心从外面走了进来，看到书勤一脸茫然，担心地问道："公主殿下，可是发噩梦了？"

看到是她，书勤才稍稍回过神来，稍微平静了下心情，看着她笑了笑："是魇到了，大概是昨晚睡得太沉了，卞姑姑呢？"

"卞姑姑正在为您准备早膳呢，您要叫她过来吗？"莲心答道。

"不必了，也不是什么大事，我就是问问。"刚才书勤的心跳得飞快，此时平静了一番后终于感觉舒服多了，整个人也不那么焦躁了。

"那要不要找大夫来看看？大夫上次开药的时候说了，若是您有什么不适，随时可以去找他来。"虽然书勤说不必了，可莲心还是有些担心。

"不用,这点儿小事哪里用得着找大夫,给我更衣吧。"书勤笑道,整个人已经恢复镇静。

"是!"

刚刚那个梦实在是真实得有些可怕,让书勤大有身临其境的感觉,可也正是因此,她才想到自己还有一件从进入岭南王府后就想做却没有机会做的事情。

又扫了眼外面已然大亮的天色,书勤做了决定……也到了该出去一次的时候了,当然她若是出去,肯定少不了卞姑姑跟随,而且,她想的只怕也同她一样。

早膳过后,书勤正想找个机会同卞姑姑提起那件事,却不想王妃的人来了天养园,说是王妃今日在王府的大花园里大摆筵席开赏花宴,请来了南临城中各世家望族的女眷,正好借此良机把她们介绍给公主认识。

王妃在这个时间请她,委实有些微妙,昨日书勤还算着平安城的回信快到了,结果她今天就来邀请她,书勤不禁揣测,只怕她在这岭南王府的定位,在近期应该就有结果了。

王妃宴请又岂能不去?也没理由不去。所以,时间一到,书勤就"盛装"来到大花园,而此时,王妃请来的女眷们已经济济一堂。

所谓"盛装",自然是卞姑姑的主意,毕竟这是"公主"来到岭南后第一次出席贵妇云集的正式宴会,自然也是书勤的第一次,她生怕会被人看低了去,所以在着装上颇为上心。

书勤是费了好大的劲儿才劝服卞姑姑,没有让她穿上那件金光灿灿的宽大的缂丝礼服,换了一条淡蓝色叠花的轻薄丝裙,要知道,那件礼服就连真正的端和公主都不舍得穿,往往是在正式或隆重的场合才会穿在身上。而即便是这条后来换上的丝裙,也不是一般人家能穿的,乃是宫中御用之物。

这些日子,书勤总是挑着拣着公主留下的那些最普通朴素的衣物穿,像今日这样穿着如此贵重的衣裙赴宴还是头一次。

纵然她之前随公主参加过无数的宴会,可毕竟那时她只是宫女,只要伺候好主子就行了,而不是像现在这样,一出现就俨然是所有人的焦点,让她有那么一瞬连自己手脚放哪里都不知道了。

"公主,小心脚下!"

好在卞姑姑察言观色的本事一流,一进园子就扶住了她,这让她总算是安心不少，待两人又相互交换了一个鼓励的眼色，书勤终于安下心，在卞姑姑的搀扶下，一步步走向这场宴会的主办者岭南王妃。

鉴于端和公主现在还没有真正嫁入岭南王府，故而在身份上还是要略高于王妃的，所以到了王妃面前后，书勤只是对她点了点头："见过王妃。"

待书勤走到跟前，王妃的脸已经笑成了一朵花，她立即拉住书勤的手，亲自带她走到宴席的主座处，主座位置此时并排摆着两把椅子，正是王妃为她和自己准备的位置。

王妃将书勤领到了左边的座位上，自己则坐上了右边的椅子，亲昵地看着书勤笑道："这阵子太忙，直到现在才安排公主拜会咱们南临城的诸位夫人小姐，端和不会生我的气吧？"

"怎么会，王妃事务繁忙，还要辅助王爷管理内事，哪里像我一样悠闲。"书勤客气地回道。

听她这么说，王妃的脸上闪过一丝难掩的得意，虽然很快被她掩去，可还是被近处的书勤看在眼底。

接下来就简单了，开场的寒暄过后，就是王妃为书勤一一介绍前来赴宴的女眷，果然都是岭南一代的豪门望族，甚至还有一些部落首领家的女眷。

当然了，这只是少数。因为这些部落大部分都在自己的部族里活动，很少有离开领地的，偶尔有那么一两个，也是早年间出来经商后入世的，单是从穿衣举止上看，同当地的豪门望族基本上已经没有什么区别了。

不过，让书勤吃惊的是，王妃的祖上竟然也是这岭南最大的一个部族，这在她介绍她侄女阿奴的时候，书勤方才知晓。

这个阿奴竟然是蒙畲族族长的女儿，而王妃则曾是蒙畲族族长的妹妹。

不过这个蒙畲族正如之前所说，族长一家早就搬到了南临，成了当地最大的一个望族。

只是在他们蒙畲族原本的领地上还生活着族人，有着自己的领地，甚至还有自己的武士，一般外人不经允许不能随意进入，宛若国中国一般。

这次饮宴，王妃是借着赏花的名义，地点设在大花园里几棵巨大的蕉树下，还在头顶上搭了棚，好为夫人小姐们遮阳。

显然来赴宴的女眷们都是熟人，介绍完后，一些夫人便带着自家的女儿媳妇前来向公主请安，书勤这里很是热闹了一阵。

可惜的是，这热闹在请安过后便消失了，完成此行重要任务的各位贵妇小姐，很快便各自结成了小圈子，借着赏花的名义，各聊各的八卦去了。

而显然，无论南北东西，女眷们聊天的话题大同小异，年岁大一点儿的，无非是论论东家未娶的男子，说说西家刚刚及笄的女孩，再聊聊别人家的新妇新郎，讨论些闺房秘事。

年龄小一些的，则也各自有各自的圈子，聚在一起谈论最近南临城中流行的花样首饰，有趣的奇闻逸事，当然了，也有议论俊俏男子的，不过像这种话题，一旦聊起来，自然是要找人少的地方，说起话来声音也都低低的，再碰上几个脸皮薄的脸色突然变成不正常的绯红，故而越是有心不让人知晓，便越是容易被人看出端倪。

书勤眼神不好，可耳力还是不错的，所以，即便她只能边喝着凉茶边吃着瓜果，同一旁的王妃有一句没一句地聊着并不投机的话，可周围离她近一些的女眷谈话的声音她还是能听个七七八八。

此刻离她最近的要数王妃的侄女阿奴了，她们没去赏花，而是凑在一起谈论着南临城里的一间庙宇，庙名没听清楚，可据说月老签很是灵验，这些女孩正约着过一阵子端午的时候去庙里上香求姻缘呢。

"我听说，前几日，世子去天养园探望公主去了。"

书勤正听得津津有味，冷不防王妃冒出来一句话，拉走了她的注意力，她笑了笑："那日的确是发生了些误会。"

"误会？"

显然，王妃没想到书勤直接无视她的转弯抹角，直接回答了她下一个要问的问题，脸上略略闪过一丝错愕，不由得僵笑了下："是吗？世子的脾气的确不太好，公主日后要多多包涵才是。"

"多谢王妃提醒。"书勤点点头，然后扫了一旁的阿奴一眼，"阿奴小姐想必也在王府住了多年了吧？倒也能陪王妃解闷。"

这番话听起来像是答非所问，却让王妃的脸色微微变了下，不过随即笑道："没错，阿奴的确是从小就在王府里陪我了，哪怕说她是我的女儿也不为过，只是女孩总要嫁人的，终有离开我的那一天。"

书勤又笑了下，说道："可不是，我也是不远万里从平安城来到这里，不然也遇不到王妃了。"

岭南王妃本想套出端和公主对闵江的看法，若是能察觉出些许不满，她都有机会推波助澜，哪想到却被书勤把话题拐到了阿奴身上，故而书勤的话里没"意思"也被她认为有"意思"了，少不得暗自琢磨一番。

没错，在圣旨下达之前，她还真有心让阿奴嫁给闵江，这样一来，她在王府的地位也就越发稳固，无论日后闵江是不是能顺利继承岭南王的王位，她都等于在他身边安插了一个耳目。

不过，这么多年来，闵江对她这个侄女儿却似乎毫无兴趣，而几个月前得到赐婚的旨意后，她更是觉得此路不通，甚至觉得自己的打算已经无望了，直到王爷让她收拾出天养园给公主居住，她原本已经偃旗息鼓的小火苗，再次燃烧起来。

王爷做此安排，只怕公主不是短住，应该是王爷还有另外的打算，很可能暂时不行嫁娶之礼了。

结果证明，事实确是如此，而且就在前两天，她已经提前得到了平安城传来的消息……

王妃若有所思，一时间也顾不上同书勤说话了，两人之间立即陷入了难言的沉默，又过了一会儿，王妃回过神后，大概是再也忍受不了同书勤明明话不投机，却硬要找话题的尴尬，她终于决定放弃同书勤的交流，打算去找自己相熟的夫人说悄悄话去了。

但即便如此，作为这场宴会的主人，王妃还是叮嘱一旁的阿奴好好招待书勤。

不过可惜，王妃刚走，这位阿奴小姐便做出了同王妃相反的决定，带着自己的一帮好友，借着赏花的名义要到后面去转转。

当然了，临走的时候，她还是象征性地邀请了书勤一番，书勤自然是体贴地拒绝了她，于是她果然兴高采烈地匆忙带着人走了，那架势像是躲开了瘟神般。

阿奴一走，书勤发现，自己一时间连听悄悄话的乐趣都没了，深悔没带本书过来，白白浪费了这上午的大好时光。不过，终归还是卞姑姑疼她，见周围的人都走了，虽然对书勤受到冷落心中有气，但还是忍住怒气在她耳边小声道："殿下，奴婢听说后面有块新开垦的花园不错，里面种了不少奇花异草，就在另一边，要不咱们过去瞧瞧？"

书勤只能点头，她总不能一个人干巴巴地坐在这里，灌上一肚子的水果凉茶吧，那该有多无聊。可她正要随卞姑姑站起，却不知道从哪里钻出一个小小的影子，一下子蹦到她的面前，然后这个小人儿笑嘻嘻地将自己手中捧着的由各色玫瑰花编成的花环递到书勤面前："你是公主姐姐吧，这个给你！"

送花的小人儿是个穿着蓝色衣裙的小姑娘，看上去只有八九岁，她的皮肤呈麦色，并非雪白，一双大眼睛却黑白分明，瞧着十分机灵。她的头上梳着两个髻鬟，用同衣裙同质地的蓝色丝带绑着，此时她正对书勤笑着，一旁的脸颊上还有一个深深的梨窝，让她整个人更加散发出精灵般的气息。

如此漂亮可爱的小姑娘送的花，书勤又怎么忍心拒绝？自然立即接过了花环，夸张地闻了闻，对她笑道："你是哪家的孩子？为何要送我花环？"

见书勤收了花，小姑娘笑得更灿烂了，她干脆又靠近了些，将自己的双肘支在书勤的膝盖上，仰头看着她道："我娘说，受人恩惠一定要有所回报，再加上公主姐姐这么好看，一个小小的花环算什么，我还能给姐姐编更大更漂亮的呢。"

书勤还是头一次听人说自己长得好看，而且还是从一个孩童的口中，虽然心中很是开心，却也没忘记她之前说的恩惠什么的，当即笑道："恩惠？我可是第一次见你，何时给过你什么恩惠？"

"嘿嘿嘿。"小姑娘眼珠一转，"姐姐自然不记得，姐姐人美，做点心的本事更厉害，我从没吃过那么好吃的点心呢，我大哥说是宫里的点心，是不是皇宫里的点心都这么好吃？我实在是想亲自问问公主，所以就央求娘亲带我过来了。"

"你大哥？"

书勤一怔，迄今为止，她也就送过两回点心，就是闵江他们兄弟两个，可她从没听说他兄弟二人还有这么小的妹妹呀，难不成是表亲？

正想着，却听卞姑姑代她问道："你是哪家的小小姐，你大哥又是谁？"

"我姓蓝，叫蓝月儿，我大哥是蓝少陵，公主姐姐的点心就是那日他帮我从王府里带回来的呢。"

蓝少陵，蓝家？

书勤隐隐想起从莲心口中似乎听说过这个名字，他应该是闵江的好友，而蓝家也是岭南当地的大家望族之一。也就是说，她上次作为回礼的糕点，被闵江送给了蓝少陵？

"姐姐，上次的糕点虽然好吃，我大哥却说不出糕点的名字，我只知道里面有玫

瑰、芒果和菠萝，只是我家的点心师傅也用这些做糕点来着，却没有你送的好吃，他们也看不出来，所以，我只好亲自来请教姐姐了。"

小姑娘一脸认真，一本正经的样子颇有同人讨论学问之感，让书勤觉得又有趣又可爱，于是她指了指旁边的卞姑姑，笑道："你可高看我了，你吃的点心呀，都是这位卞姑姑做的，你真想问秘方，也要问她才是，其余的，我也比你多知道不了多少。"

小姑娘眼珠又转了转，却一下拉住书勤的手，然后看着卞姑姑认真道："是吗？那就是说，真的有这三样东西了？是吧是吧。尤其是玫瑰，真的有吧，我最喜欢的就是玫瑰做的糕点了，又漂亮又好吃。"

"蓝小姐，那叫玫瑰蜜酥。"卞姑姑一脸和蔼道。

"玫瑰蜜酥？好名字。"蓝月儿点头，却指了指书勤手中的玫瑰花环，"就是用这种玫瑰做的吧？姑姑教我，做好了，我还可以再做给姐姐吃。"

听到蓝月儿的话，书勤真不知道该说什么好了，只知道这是个小人精，一句话将她同卞姑姑全都讨好了，只怕卞姑姑听到她这么说，会使出浑身解数将"秘方"传给她，果然人小鬼大！

书勤猜得没错，听到蓝月儿的话，尤其是听她说学会了还做给书勤吃，卞姑姑立即乐得合不拢嘴："蓝小姐若是想学，奴婢又怎敢藏私？不过您拿来的这些玫瑰是不行的，一定要花瓣肥厚的红玫瑰才行，这样做出来的糕点不但甘甜可口，还软糯香酥，总之，玫瑰的品质，决定了糕点的口味呢。"

"这还不简单？"蓝月儿想了想，立即站直身子，然后拉了拉书勤的手，让她也随自己站起，"公主姐姐，我知道这里有一片极漂亮的玫瑰园，里面全是火红火红的玫瑰，花瓣也如卞姑姑说的那般片片肥厚，你们随我来。"

往日卞姑姑做点心的时候，只是吩咐一声，侍女们就去将花瓣采好带给她了，故而从没有自己亲自采摘过，此时听蓝月儿这么说，还说得如此肯定，心中也有些好奇，想要看看她口中的玫瑰园是什么样子的。

此时，书勤已经被蓝月儿拉着往身后的花园深处走去，于是卞姑姑也不敢再耽搁，连忙跟了上去。不过，她走了几步，却突然发现，这个方向似乎就是那个阿奴带着同伴离开的方向。

蓝月儿似乎对这花园很熟，即便花园中小路崎岖，可在她的引领下，书勤和卞姑姑很快就找到了那片火红的玫瑰园。

这园子里的玫瑰比她们之前见到的玫瑰都要红，花瓣也更肥大，卞姑姑摘了一片花瓣下来，在手中捻了捻，又凑到鼻前闻了闻，立即欣喜道："殿下，这比侍女们为奴婢找来的玫瑰要好上太多了，做出来的点心肯定异常美味。"

虽然很期待卞姑姑的新点心，可看到这里的玫瑰似乎比其他玫瑰要漂亮太多，书勤又想了想道："这些玫瑰的确有些特别，蓝月儿，这应该不是一般的种类吧？"

蓝月儿歪了歪头："我只记得大哥说过，这里的花种是我父亲从海外带回来的，本以为种不活，哪想到竟然成活了这么一大片，但是说来也奇怪，我家的园子里就没有一棵成活的，只有这里种得，而且好像还说，王妃很喜欢这些玫瑰。但是这么一大片花，终究也是要落的，摘个一两朵做点心总是可以的吧。"

话虽如此，不过既然这玫瑰如此与众不同，书勤还是决定等打听清楚了再说，便同蓝月儿商量下次再教她做玫瑰蜜酥。

蓝月儿的确很想立即就去做点心，可她也是个懂事的孩子，知道此事急不得。总之，只要公主答应下来，她就放心了，而且这样一来，自己以后又有借口找公主了，不必再被娘亲关在家里读书、学女红，她更是巴不得。

看过玫瑰园，三人正欲往回走，可没走几步，却听到几棵蕉树后面突然传来几个人的聊天声："什么公主，什么才女，真要是得宠的公主，能被皇帝送到咱们这里来？我看呀，什么第一美女才女都是假的，被人嫌弃了才是真的。"

这个声音，不用猜，书勤便知道是谁了。

"可是，端和公主的名气都从平安城传到咱们岭南来了，倘若她真不是才女，又怎么会声名远播呢？"这个时候，另一个声音小心翼翼地说道，想必是刚才随阿奴一起离开的女孩之一。

"那有什么稀奇，她是公主，若是想出名，有的是办法。我还听说，她在平安城的时候特喜欢出风头，惹得诸多文人墨客为她写诗作赋，你们想想看，在咱们南临城里，什么样的女子才会这样？"

阿奴的声音再次响起，却没人反驳了，反而引来一阵低低的轻笑，显然大家已经心照不宣。

蓝月儿虽然年纪小，但她知道的事情不少，一下子就明白了她们的意思，当即脸色通红道："这些人，竟然在背后说人坏话，公主姐姐，你别生气，我去教训她们。"

蓝月儿说着就要冲过去,却被书勤拦下了,她看了眼身后脸色一阵青一阵红的卞姑姑,笑道:"何必理她们呢,你越是焦躁在意,她们就越以为自己说中了,当作没听到就是了。"

话虽如此,可蓝月儿仍不甘心,叉着腰对着树后那些人大声喊道:"什么样的女子,才会在人背后嚼舌根,真是不要脸!"

蓝月儿稚气犹在,声音也带着孩童的稚嫩,她却拿出了泼妇骂街的架势,让书勤觉得甚是有趣,但有趣归有趣,她又怎能让她们面对面吵起来?此时,她已经听到树后传来一阵慌乱的脚步声,想必后面的人要出来了。

于是她急忙拉住了蓝月儿的手,沿着小路往回走,边走边道:"行啦,咱们还是快回去吧,你不是跟你娘亲来的吗?你出来这么久,她怕是早该着急了吧。"

"我就是不想早回去。"蓝月儿撇嘴,"她就会让我读书、学女红,都不肯让我出来玩儿,我又不考状元,读那么多书做什么?"

看到她愁眉苦脸的样子,书勤笑道:"读书有什么不好,可以知礼达礼,而且,书读多了,哪怕你不出门,都能知晓天下事,多有趣儿呀。"

蓝月儿眼珠一转,轻轻扯了扯书勤的手:"公主姐姐,她们刚才说你是才女,你也很爱读书吧?"

这个时候,卞姑姑才从刚刚的气恼中恢复了一些精神,替书勤回答道:"那是自然,公主殿下最喜欢读书了,她读过的书,都能装满好几间屋子了。"

"啊,那么多呀!"蓝月儿一脸吃惊,而后她想了想,突然兴奋地拍了拍手,"我明白了。"

"你明白什么?"书勤好奇道。

"我明白那几个人为什么要说姐姐坏话了。"蓝月儿瞥了身后的那几棵快要消失在小路拐角的树丛,发现到现在还没有人从那里出来,也不知道是不敢出来,还是正在角落里偷瞧她们,于是她再次大声说道:"她们读书太少,所以嫉妒姐姐。姐姐读书好,人又美,还有好吃的点心,她们拍马都追不上,所以就只能在背后说姐姐坏话啦。这种人呀,我见得多了,哼!"

看到她一脸老成的样子,书勤哑然,只觉得这个小姑娘太好玩儿了,卞姑姑也被她逗笑了,大方道:"虽然今日没采到玫瑰花瓣,不过我这几日刚好又想了些新法子出来,等我过几日做好了,给小姐送到府上可好。"

"不用送过去,不用送过去!"蓝月儿眼睛亮晶晶的,摆着小手笑道,"我自己

来拿就是，我家离王府很近的，离后门更近，天养园刚建成的时候，我还偷偷溜进来玩儿过呢。"

书勤和卞姑姑对视一眼——看来蓝家真的同岭南王府交情不浅，连这么小的孩子都对王府的布局如此熟悉。

回了摆宴的园子，蓝家果然已经在到处寻蓝月儿了，所以一回去，蓝家的侍女就把她带走了，蓝月儿走的时候不情不愿的，再三同书勤约好了前来拜访的时间，这才随侍女走了。

蓝月儿走了，这宴会也变得没了意思，书勤便让卞姑姑同王妃交代一声，推说身体不适，提前离开了宴会。

第六章
市集上主仆失散

回去的路上，卞姑姑一言不发，显得闷闷不乐，等回了书勤的房间，瞅着四下无人，卞姑姑才叹了口气："如果那位听到了，今日还不知该怎么收场呢。"

换下身上的叠花纱裙，换上一件家常的便服，又把繁复的发髻拆了，懒懒地绾了一个斜髻，书勤立即觉得整个人都舒爽了，她倚在木榻上，顺手拿起旁边放着的一本书，看着卞姑姑笑道："公主也不是什么事情都冲动的，估计也会不动声色地离开。"

先是不动声色，过后再暗中使手段，这正是公主在宫中时的一贯做法，不过在那皇宫里的人，几乎个个都是如此，公主手段再阴险，也比不上那个女人，不然的话，她苦心孤诣费了这么大的力气，最后不还是功亏一篑，没能留在平安城，正大光明地嫁给临安侯世子，最终落了个私奔的结果，想想，也真是可怜。

当然，这些都是卞姑姑在心中暗暗想的，面对书勤，她慈爱地一笑："你说得对，人在屋檐下，怎能不低头？更何况，那些小姐说得对，她的确是张扬了些，只可惜她母妃身体羸弱，教导不了她，她才变成这个样子，再加上林嬷嬷的纵容，才会……"

"行了姑姑，别再想以前的事情了。"书勤笑了笑，"她也是身不由己，咱们更是，我看呀，平安城的信应该快到了，兴许就在这一两天，岭南王就该找我去说话了。"

"这是要成亲了？"卞姑姑脸色变了变，这要是真的成了亲，可就再无转圜的可能了，虽然岭南王府地位甚高，配书勤绰绰有余，可想到之后的风险，想到世子对书勤的态度，她反而更加担心，更为书勤觉得不值。

岭南王世子地位再高又能如何，书勤应该拥有更好的！

看到她一脸紧张，书勤却摇了摇头："只怕刚好不是呢。"

两个人正说着话，却听莲心在门外禀报道："公主殿下，王嬷嬷来了。"

这一阵子，书勤让王嬷嬷帮忙整理藏书楼，这才知道这藏书楼里早就有书目，所以她这几日一有时间就在藏书楼里盯着，希望那些书能快点儿整理好，昨日去的时候已经整理得差不多了，想必今日王嬷嬷应该是来交差的。

书勤连忙让她进来，果然王嬷嬷一来就禀报，说是藏书楼整理妥当，让公主亲自去验看。

这对书勤来说，恐怕是今天最好的消息了，她立即起身，迫不及待地就想前往藏书楼。

不过她刚刚站起，却见王嬷嬷从袖子里拿出一张字条来，双手呈递给书勤："公主您看这是不是您遗落的东西。"

书勤接过来一看，眼神微闪，然后笑着对王嬷嬷道："没错，那日我就是为了查这个字，才去的三楼，回来以后我还以为丢了，没想到竟又找回来了。王嬷嬷辛苦了，卞姑姑，晚上你别忘了亲自给大家加菜。"

王嬷嬷道过谢，便退出了屋子，她离开后，卞姑姑却一脸疑惑，因为她看得出来，书勤这次是真的高兴，不仅仅是藏书楼收拾好了，而是在看到这张字条后，她的心情仿佛一下子变得更加愉悦。

"公主，这字条……"

书勤开心地晃了晃手中的字条，对卞姑姑眨眨眼："这就是世子来藏书楼的原因。"

"什么？"

书勤立即将字条展开给卞姑姑看，却是一个笔画形状怪异的字，这个字正是那日她写给小公子闵浸的，从那日后，这位小公子就再没来过天养园找麻烦。

书勤撇撇嘴，看着纸笺上的字低声道："只怕是那位小公子找他大哥告状去了，他这才来找我兴师问罪，却不想碰上那件事。"

"那那幅画……"不管怎样，卞姑姑最担心的就是闵江是如何认定那幅画以及画上之人的。

"你记不记得那个剑生来的时候说的那番话？"书勤笑了笑，"他说送那幅画是希望我平日忆起在平安城的往事时，也能多些趣味。"

"难道他这不是威胁咱们，已经知道了那事？"卞姑姑愣了愣，颇感不解。

书勤摇头："姑姑可还记得阿奴今日说的话？"

"她？"卞姑姑撇撇嘴，"蓝小姐说得没错，她那是嫉妒公主。"

"可她说得也没错呀。"书勤笑嘻嘻道，"只怕那位世子大人也这么认为呢，所以才会送这样一幅画来，警告我在岭南要收敛些，不要那么张扬，只怕他也不信这画上之人是那位。"

说到这里，卞姑姑终于恍然大悟，脸上的表情却复杂得很，犹豫了好一会儿，她才叹道："真是……委屈你了！"

书勤笑着摇头："这下姑姑可以放心了？"

卞姑姑虽然点了点头，心中却知，在这岭南王府，即便这关过了，谁知道下一关等着她们的是什么，也难为书勤小小年纪就如此镇定，这若是换一个人，哪怕是画意，只怕为人处世都不会像她一样做得妥帖，论起胆量和聪慧来，更是远远不及她。

这个时候，看到卞姑姑脸上的愁云总算散开了一些，书勤立即道："姑姑，昨晚我做了一个梦。"

"梦？"卞姑姑一愣，"什么梦？"

书勤收了脸上的笑意，低低道："在这个梦里，我梦到了很多过去的人，过去的事，所以……所以咱们明日出门一趟吧！"

南临城虽然远没有平安城繁华，可是毕竟是岭南王府的所在地，真要是赶上集日，还是很热闹的。书勤和卞姑姑也没想到她们随便挑了个时间出门，竟恰逢集日，虽然无心插柳，却也算是感受了一番岭南的热情繁华。为了出行方便，书勤特意换了一身男装，俨然一副翩翩佳公子模样。

她此番是想去南临城最有名的老祖庙为画意立个长生牌位，而这个老祖庙正是昨日阿奴她们说的那间月老签很灵验的庙宇。她昨天特地向王嬷嬷打听过了，南临城里最大、最灵验的只有这间庙。

虽然岭南还有更大的庙，不过却是在城外的山上，岭南王府一家人常年在那里做着供奉。可那里实在是太远了，要去一趟还需坐车跋涉，所以书勤便选了这间，这里胜在热闹方便，她可以时常过来祭奠，想必画意也不喜欢冷冷清清地待在山里吧。

不过在去寺庙之前，卞姑姑带着书勤去了另外一个地方，南临当地最有名也是最大的一间医馆——精诚馆。

自从来了岭南，书勤的眼疾就一直是卞姑姑的心病，基于上次画像的事情，即便后来证明岭南王府并没有起疑心，卞姑姑却总觉得心里不踏实，故而撇开王府的大夫，趁着这个机会带书勤出来看眼睛，只希望在这里也能找到医术高明的大夫，好好替书勤诊治。

大夫姓郎，看起来只有四十多岁，蓄着一把漆黑的胡子，虽然没有白发白须般仙气飘飘，可看起来精神矍铄，颇让人信赖。他为书勤诊了脉象，又翻了翻她的眼皮，仔细检查了她的眼睛一番后，便写了几个小字，放在离书勤有一段距离的地方让她念出来，结果直到这些小字离书勤只剩下不到一尺距离的时候，书勤才能将它们看清念出。

这让郎大夫不停地摇头，他边在医案上记录着什么，边可惜道："这位公子脉象平和，并无其他暗疾，这眼睛的毛病，也只是因为平日里用眼太过，只怕还常于暗处读书视物，这才会让眼目失了津液濡养，日积月累下来，发展到如此严重的地步。"

这位郎大夫说的话同宫中太医的诊断大同小异，这让卞姑姑不由得相信了他几分，连忙问道："那可有医治的办法和汤药？正如大夫所说，我家公子的确爱看书，谁也想不到会变成这样，早知如此……"

"唉，你家公子这是日积月累所致，哪是说好就能好的。"他抬头看了看书勤，见眼前的小公子眉清目秀，虽然穿着男装，可喉颈处平平，根本是个女孩，郎大夫也不点破，只是摇着头隐晦地建议道，"若是日后不看书了，或者不做其他劳神费眼的事情，倒是有可能缓解。比如一些绣娘，年轻时做针线活伤了眼，若是日后不做了，总会好些，否则只怕唯有失明一途了。"

让书勤不再看书？别说书勤自己，就连卞姑姑也觉得不可能，所以，这才是令她发愁的地方。而这个时候，却听书勤淡淡道："大夫还是说说该怎么治疗吧，是熏洗还是服药，总应该有能缓解的法子。"

抬头看了她一眼，大夫放下笔沉吟了一会儿，然后快速拿出一张纸笺，笔走游龙地在上面写了起来，边写边说道："既然如此，那就依你，我帮你开张内服的方子，还有外敷熏洗的方子，内服一日一次，外敷熏洗则是早晚各一次，先坚持一个月看看；另外就是，决不可在暗夜看书用眼，还有，我这里有种药泥，等过一会儿你们再来拿，是几味药材捣在一起制成，也是一个月的量，每三日敷一次，夜间睡前敷上，第二日一早洗掉。等用完了，你们再来找我配药。"

说着，他又抬头看向卞姑姑："另外还有一套按摩的手法，一会儿我教与你们，一日三次，至少不能少过两次，虽然这只是辅助，可对缓解眼目酸涩很有效果，多多少少也是有些用处的……"

最后，卞姑姑拿到了郎大夫开的五大张药方，然后又记下了按摩的穴位和手法。可做了这么多，说了这么多，等最后看完后，竟然只用了不到两刻的时间，这实在是让她有些吃惊。

即便是在皇宫里，那位老太医也只是建议书勤少看书少用眼，却从没给她们开过方子，传授过按摩手法，更不要说配药泥了。

不但是她，就连书勤也觉得此人不一般，于是上下打量了他一番后问道："郎大夫不是岭南人吧？"

郎大夫笑了笑，道："这岭南乃是大安朝贬官流放之地，真正土生土长的岭南人在别处可能很多，可这南临城并非如此，就连公子，不也是外地人吗？"

郎大夫直爽，书勤自然也坦荡如砥，于是她干脆向他拱了拱手，也不再说多余的话，而是笑道："既然如此，那以后在下的病就全仰仗郎大夫了。"

由于药泥还要等下午才能做好，主仆二人索性连药也一并存在柜上，等拿药泥的时候一起取走，然后便匆匆去了老祖庙。

不过，虽然在郎大夫这里耽搁的时间不长，可她们恰赶上老祖庙人最多的时候，也是费了好大的劲儿，才挤进上香的人群，向执事的僧人道明来意，这才被带去了后面专门用来摆放长生牌位的往生殿。

虽然这老祖庙并不是岭南一带最有名的庙宇，可它位于闹市，人气却旺到不行，再加上这里是流贬之地，很多外地人一旦到了这里，可能一生都无法回归故土，最终只能将牌位暂存在此处，等着后人有朝一日能来到岭南，再将它们请回故乡，故而，偌大的往生殿里，摆满了供奉先人的牌位油灯。因此，尽管这里比前面要人少些，可也有五六人等候着，等着将亲友的牌位放入殿中。

书勤她们来得较晚，直到一个时辰之后，才被请入大殿中，等她们摆好画意的牌位，点燃长明灯，又奉上供奉后，已然是快要午时了。

眼见有些晚了，她们却仍旧舍不得走，又在画意的牌位面前说了许久的话，直到午时往生殿的大门要关闭的时候，她们才同画意告别，依依不舍地离开了。

不过，后面往生殿的门虽然关了，可越往前走，前面的游人越多，原来今日正午时分，有一个在当地很有名的杂耍班子要在老祖庙门口的空地上演出，而且从昨日开始就已经有人在南临城里宣扬，说是此次这杂耍班子里有个从海外带回来的昆仑奴，通体漆黑，只有牙齿雪白，还能说人言，演杂技，非常有趣。

虽然南临城紧挨着海边，有一个很大的港口，也有很多人出过海，带回许多海外的舶来之物，可这通体漆黑的昆仑奴，却还不曾有人见过，所以大家都很感兴趣，再加上这件事情已经人尽皆知，因此这里聚集了比以往多得多的人，甚至很多高门大户都听说了，也想来凑凑热闹。

书勤她们并不知道今日会有这种事，所以等她们走到庙门口的时候，杂耍班子刚刚就位，周围挤得更是水泄不通，甚至两旁的大树上都爬满了瞧热闹的人，她们别说离开了，想要移动一步都难。

她们要离开的话是要穿过那处用来表演的空地的，可那些围观的民众犹自以为她们要挤到前面瞧热闹，又怎么肯让她们轻易通过？所以，随着人潮的涌动，她们不但没能前行一步，反而因为身材太过单薄瘦小，被挤得越来越靠后了，让她们简直哭笑不得。

看到书勤被挤得满头是汗，连发髻都有些散落了，卞姑姑暗暗后悔，不禁埋怨道："早知门口是这种情形，咱们在里面用了斋饭再出来就好了，都怪我，只想着快点儿去取药，真是委屈公子了。"

书勤也被挤得十分不舒服，就在刚刚，有几个浑身臭汗的男人从她们身边走了过去，也不知道是有心还是无意，还狠狠推了她几把，险些将她推倒。她毕竟是女子，何时面对过这种情形？对如此近距离的接触更是极不适应，难免心生厌烦。

她现在只有一个想法，就是快点儿离开人群，不管是哪里都好，只要别再这样挤成一团就行。而且，这一会儿工夫，她还发现一个让她更忧心的情形，就是好几次她同卞姑姑都被人群给挤向了两边，这若不是卞姑姑紧紧抓住了她，只怕她们都要被挤散了。

终于，随着一些小杂耍的铺垫之后，万众瞩目的昆仑奴总算出场了，而这工夫，在场观看的人们人潮涌动，又有人开始往前挤，书勤只觉得卞姑姑抓着自己胳膊的手被一股巨大的力量给冲开了，随后有几个男子就势从自己身边冲了过去，等他们离开，人群再次合拢的时候，她趁机再四下找寻卞姑姑的身影，竟然已经看不见她了。

她有心往她原本的方向挤去，可旁边又突然挤过来一个铁塔般的男人，挡住了她的去路，让她根本过不去，不但如此，看到她往自己这边挤来，男人还不耐烦地推了她肩头一把，毫不客气道："挤什么挤，好好看不行吗？"

"对不起，我找人，我家人在那边！"揉着肩头，书勤连忙道。

"家人？"大汉不怀好意地斜了她一眼，眼神又在她脸上逡巡了一番，眼睛眯了下，"你说有就有？你肯定是想挤到前面去，老子告诉你，没门儿！"

说着，他伸出一只手来又想要推她，不过这次，他的手却推向了她的胸口。

人多拥挤，书勤全然未觉，只想快点儿挤过去找到卞姑姑，所以，等她发现男人的意图时已经晚了。只是，眼看那人的手就要碰到她的时候，书勤觉得自己眼前好像有什么东西突然闪过，然后这男人的手立即抽搐了一下，紧接着便听他发出"哎哟"一声痛叫，捧着手腕露出了一副痛苦的神色。

难道是他的手腕抽筋了？

此时此地，书勤唯一能想到的就是这种可能。

还不等她细想,后面的人趁着男人捧着手呼痛的工夫,再次向前挤去,竟然将男人给挤开了,于是书勤趁机也向旁边挤了过去,竟然真的让她挪动了几步,远离了那个不怀好意的男人。

不过,即便她摆脱了那个人,可周围的人还是不少,她个子又矮,眼神又不好,不知去哪里找卞姑姑的人影,只能凭着感觉向卞姑姑可能被挤散的方向找去。

可这次,也不知道是不是不在人群的中心位置了,她竟然很容易就挤出了人群,甚至有几次后面的人想要冲到前面时,看到她来了,还特意停了停,让她先过去了才往前挤,所以,一来二去,她竟然稀里糊涂地就从人群中挤了出来,来到一处人少的角落里。

虽然仍旧没有找到卞姑姑,可她转头再看向自己来时的方向,发现那里瞧热闹的人又已经挤成了一团,这让她颇为纳闷,深深怀疑刚刚那些让自己先过的君子行径都是错觉。

"咻!"

随着一声轻嗤,有人擦了擦手上的菠萝蜜糖汁,将注意力重新投到空地中央,此时,那个浑身漆黑的昆仑奴正舞着一支巨大的火把,不停地耍宝卖弄,尽管笨拙,却尚算有趣。

这人正坐在庙门口的一棵大树上,在他身边还有一大一小两个男子,而在树下,则围了一圈杀气腾腾的仆役。自从他们三人爬上了这棵树,凡是有人想要攀爬这棵树,甚至只是靠近,都会被他们恶狠狠地威吓后赶走,故而,这里成了熙熙攘攘的人群中唯一可以清清净净看杂耍的地方。

"大哥,你看你看,他头发都要被烧着了,哈哈哈,着了着了。"

随着空地中央的昆仑奴故意笨拙地将自己脑后长长的辫梢点燃,闵浚已经笑得前俯后仰,若不是紧紧抱着旁边的树干,又被闵江抓着身后的衣衫,只怕会就这么笑跌下去。而在闵江的另一边,则坐着同样笑得毫无形象的蓝少陵,闵江可没兴趣管他掉不掉,甚至还期盼他能摔上一跤,自己也能瞧个热闹。

不过可惜,虽然蓝少陵不擅武,可小时候的底子还是有的,别看他笑成这样,却坐得稳稳的,不但如此,他甚至还能腾出一只手来,伸向闵江手中拿着的纸包。

上来的时候他们买了些菠萝蜜,就是打算看杂耍的时候吃的,尤其是给闵浚吃。不过这孩子看杂耍看得入迷,早忘了还有零食,几乎全便宜了蓝少陵,他一会儿拿一块，已经连着吃了三四块。

只是，这次蓝少陵再想吃的时候，手却落了空，甚至还被闵江重重打了一下："做什么？"

蓝少陵转头，却见闵江手中的纸包早就不见了，他以为是吃完了，低头向脚下看了看，发现下面不但没有扔掉的纸包，就连菠萝蜜的果核也只有三四个，也就是说，明显还剩余很多。

"东西呢？"他看着闵江错愕地问。

"东西？什么东西？"闵江挑了挑眉。

"菠萝蜜呀。"蓝少陵提醒道。

"没了。"闵江撇嘴。

"没了？"蓝少陵一怔，"你……都吃了？"

他记得闵江最讨厌甜食，尤其是菠萝蜜这种甜腻的水果，更是不曾碰过。

"嗯，没了。"闵江含混地说道。

又向地上扫了一眼，蓝少陵一脸震惊："连核一起……"

还有纸包？

后面的话，他愣是忍着没有说出来，他怕被打。

"没了就是没了！"闵江一脸不耐烦，"想吃自己去买。"

看到他如此表情，蓝少陵知道，即便这东西真被他给吞了，他也不能再问了，只是下意识地往一旁游人的头顶上扫了一圈，这才想起，好像刚刚看杂耍的时候，他听到几声"噗噗"的声音，就像是弹珠破空而去，而这弹珠功夫，只怕整个南临城的公子哥全加起来，都比不过眼疾手快的闵大世子。

于是他干笑了两声："哈哈，没得好没得好，那东西齁甜齁甜的，谁爱吃呀！"

"嗯。"

闵江应了声，然后又白了他一眼，这才有意无意地往人群的另一个方向扫视，少顷，他突然皱了皱眉，道："一会儿你送浚儿回家，我有点儿事情要办。"

说着，他跃下了大树，一个仆役都没有带，快速往老祖庙的正门口走去。

此时杂耍团的节目已经没有刚才那么吸引人了，所以闵浚很快就发觉大哥离开了，于是问蓝少陵："少陵哥哥，我大哥做什么去了？"

蓝少陵也不知情，只得安抚道："他去办事，过会儿就回去了，等一会儿杂耍结束了，我带你回府。"

闵浸喜欢大哥，跟蓝少陵混得自然也熟，当然不会反对，而此时昆仑奴的演出完毕，他的兴趣也淡了下去，只见他将视线投到脚下的人群中，从中找寻了一番后道："咦，公主呢，难道回去了？"

"公主？"蓝少陵闻言一愣，随着他的眼神也找寻了一番，"哪里有公主？"

"刚才呀，我看到她了，还有她那个跟她形影不离的姑姑，她穿着男人的衣服在人群里，大概是也想看杂耍吧。不过可惜，她们个子那么矮，又怎么看得到，我告诉了大哥，想让他把她们带过来，大哥却让我别多管闲事。后来昆仑奴出来了，我就什么都顾不得了。"

"公主刚刚真在此处？还在人群里？"蓝少陵的眼珠转了好几圈，然后嘿嘿一笑，对闵浸神秘道，"你大哥说得对，以后呀，他们俩的闲事你就别管了，毕竟过一阵子她就是你的大嫂了。"

"凭什么？"听蓝少陵这么说，闵浸心中突然不爽起来，"大嫂怎么了，你没听过一句话吗？兄弟如手足，妻子如衣服，我大哥还是我大哥，再怎样，他们的关系也越不过我去。"

听到闵浸语气中酸气冲天，蓝少陵哑然，笑嘻嘻道："是又如何！可你大嫂就是你大嫂，大嫂变不成兄弟，兄弟也变不成大嫂，你说我说的对不对？"

蓝少陵"大嫂、兄弟"地绕了半天，越绕闵浸越迷糊，越绕闵浸越恼火，便决定不再同他生气，而是扫了地上的那三四粒菠萝蜜核几眼，向蓝少陵一伸手："我才不理你，菠萝蜜呢，你不会都吃了吧？"

"菠萝蜜？"蓝少陵一摊手，苦了脸，"没了。"

"没了？怎么可能？你肯定是都吃了！"闵浸不信，然后又看了看脚下，"十几块呢，怎么可能连核都不剩？纸袋也不见了，肯定是你藏起来想带给蓝月儿那丫头吃。我不管，那是我大哥买给我的，蓝月儿想吃，你自己给她买去。"

"我的小少爷，我可真没吃，都是你大哥……"

不等他说完，闵浸眼睛一瞪："我大哥根本就不喜欢吃这种甜腻腻的水果，你还敢推到我大哥身上，等我大哥回来，我一定告诉他，就说你欺负我，让你再也别想进我们王府的门。"

对这位小公子的难缠，蓝少陵早就领教过了，只得安抚道："行了行了，就算我吃了行了吧，等一会儿咱们回去的路上我再给你买一袋……"

"一袋？"闵浸鼓了鼓腮帮子。

"两袋……两袋行了吧……"蓝少陵彻底投降。

在角落里等了一会儿,书勤突然觉得自己待在这里好像在做无用功,此处虽然人少,可也到处站满了人,就算卞姑姑挤出了人群,也不容易看到她,于是她便决定去老祖庙门口等。而且,刚才卞姑姑还说什么不如去庙里吃斋饭什么的,如今这庙门口挤成这样,就算等不到卞姑姑,她也可以去里面吃些东西。

她刚到寺门口,就看到几个富贵人家打扮的女子出了庙门后拐向庙墙旁的小道,不知要去向何处,便不禁好奇地问迎送香客的小僧:"小师父,那里通向什么地方?"

小僧人回头望了一眼,双手合十道:"阿弥陀佛,那里通向本寺的后巷。"

"后巷?"书勤此时的脸色十分精彩,"你们这寺庙有后门?"

小僧人一笑:"这是必然,不然今日庙门口堵成这样,香客又如何离开呢?而且,有些女眷坐车来参禅,若是不想抛头露面,也总要有个进车的大门不是。"

书勤只觉得自己心中说不清是什么滋味,若是早知如此,她同卞姑姑又何必非要从前面挤出去?如今倒好,还失散了。

想到这里,她又问道:"刚刚小师父可看到一个穿着棕色布衫的妇人?她大概三十岁,肤色很白,个子高挑偏瘦。"

小僧人想了想,颇为犹犹豫豫道:"好像是有这么一位妇人,不过,很多妇人都是这副装扮,小僧不知道自己看到的同公子要找的那位是不是同一个人,也是往后巷去了。"

"多谢多谢!"书勤连忙道谢,随即一闪身,往庙旁的小路走去,打算先探探路。

庙墙旁的这条小路依着庙墙的走势向前方延伸而去,看起来还不短,而书勤一拐过去,就看到一个妇人正在前面快步走着,看起来很是着急,而从衣着身材上看,同卞姑姑果然十分相似。书勤大喜,连忙喊了几声"姑姑",不过可惜,大概是前面的人专心赶路,再加上距离有些远的缘故,她连停都没停,书勤无奈下只得快步跟了上去。

只是,书勤离她的距离实在是有些远,故而她紧赶慢赶地几乎追到了小路的尽头,仍旧没有追上她,而是眼睁睁见她拐了弯儿,往右边去了。而等书勤也随着她右拐之后,却见她的身影逐渐消失在前方不远处的一条三岔路口的最左边,于是书勤追了上去。

不过可惜,等她也拐入了左边那条岔路,却见这条路极短,不过几丈的距离,也就是说那妇人已经穿过这条岔路了。而等她也穿过这条短路,却见这路竟然通着一个热闹的集市,这时,她再想寻那妇人的踪迹,又哪里寻觅得到?

书勤懊恼不已,更怀疑那妇人根本不是卞姑姑,否则的话,自己喊得那么大声,她不可能一点儿都听不到。她正要沿着原路回寺庙前门,可随着几声似曾相识的吆喝声,她仔细辨认了眼前这个集市,发现似乎来过这里。

又经过一番辨认后,她终于认出来了,这集市她同卞姑姑刚刚才来过,她若没记错,应该就是那座精诚医馆所在的街道。

今天是集日,道路两旁全是摆摊的小贩,她们早上出来的时候,还在集市上逛了逛,吃了岭南特有的粗粉汤做早餐。而此时,就在紧挨着路口的地方,正是她们早上吃粗粉汤的铺子,由于那个铺子的老板十分热情,再加上揽客的旗子也很特别,只是简单的红黄黑三色,故而很好辨认,本来她同卞姑姑还商量着,打算中午来这里吃他家的椰子饭呢。

走到那家铺子前,老板果然认出了她,笑着招呼道:"公子又来了?可是要吃椰子饭?"

书勤笑了笑:"本来是的,不过我同我姐姐失散了,老板可见她来过?"

书勤主仆的确留给老板很深的印象,此时听书勤发问,老板很认真地想了下,摇头道:"倒是不曾,不如公子在这里等等她,顺便纳凉,午间日头毒,晒久了怕是要生病。"

此时书勤并不敢保证卞姑姑一定会来这里,医馆那边她倒是肯定会去的,于是她想了想:"我正好还有别的事,若是您见到她,能不能帮我传个话,就说我在医馆等她,我们不见不散。"

"好嘞。"老板是个痛快人,很爽快地就答应了。

书勤点头道谢,不过临走的时候,为了保险起见,她还是问了一遍去医馆以及回王府的路怎么走,以防卞姑姑找不到她,她好一个人回去。

老板不识字,而且南临城不大,除了王府所在的路被称为金锣巷外,其余的巷子都很少有名字,甚至,就连这条金锣巷,都是没有路牌的,是岭南王府建成后,大家叫着叫着,才传播开来,故而书勤让他指路,一时间他还真不知道怎么说。

不过，他想了想后还是尽量指引道："去医馆比较近，就在前面，经过两个酸粉摊子、一个羊杂汤的小铺子还有三个水果摊子再往前走个十几丈就到了。至于金锣巷嘛，就要远些了，怕是我现在说了你也记不住……嗯，不过等你到了医馆后，继续往前走，等经过三个凉茶铺子、两个粥铺后，你向右拐，然后再往前走一阵子就会看到一个书斋，好像叫作金玉阁。紧挨着金玉阁旁边的那条街道也有集市，再往前走就能看到我家隔壁卖羊肉的老吴，你就对他说是老黄让你找他的，那条街道他更熟悉，让他指给你就是，他的摊位就在离路口西边几丈的位置，他人很胖，穿着一条粗布大围裙，很好认的。"

书勤没想到在南临城认个路这么复杂，听到老黄这个摊子那个摊子说了一大堆，深悔自己刚刚出门的时候没有好好认路，但她仍很感念老黄的热心，连连道谢，心中暗暗记下了摊子的数量和种类，便急忙往医馆去了。

果然，经过了酸粉摊子、羊杂铺子和水果摊子后，又向前走了十几丈就到了精诚医馆的大门口，下午的医馆比上午人要多上很多，外面的药房站满了拿药的人，旁边的诊室也排起了长队。

书勤走到门口往里面看了一眼，果然没看到卞姑姑，药房的柜台前此时已经排起长队，显然都是来抓药的，由此也再次证明，那位郎大夫的医术果然不错。

药房里，一个伙计在后面抓药，另一个伙计则坐在门口的桌子后整理收到的方子，书勤的方子在卞姑姑手里，她向那个整理方子的伙计一打听，这才知道她化名宋勤的那张方子尚未收到，也就是说，卞姑姑还没过来。

书勤本有心在这里等她，可不知怎的突然想到了老黄说过的那间叫作金玉阁的书斋，顿时觉得心痒难耐。她出来一趟不容易，若是在这里等卞姑姑回来，只怕她绝不会允许自己中途再去看书了，所以要想去这家书斋，怕是只能趁现在了。

于是犹豫再三后，她对整理方子的伙计说道："这位小哥，我有些事要去办，若是我姐姐来了，您让她等我一下可好，我去去就来。"

精诚医馆的伙计个个都很客气，听她这么说了，自然应允，甚至怕自己忘记，还特意记下了她的名字，这让书勤更加放心，于是她立即离开了医馆，按照老黄的指引，往金玉阁去了。

虽然老黄的指引语句烦琐，却不得不说，他指引的路线极为精准，果然经过凉茶铺子和粥铺后，她向右一拐，便到达了一处僻静的小巷，而等她又向前走了一会儿之后，真的看到了一个上面挂着黑底绿字匾额的黑漆小门，匾额上的三个字正是"金玉阁"。

小门半开着,从外往里望去,门口的位置应该种着一小片竹子,虽然只是管中窥豹,可单是从这门扉中觑到的意境已经让书勤十分神往了,所以,不知不觉间,她已经推开门走了进去,站在这丛翠竹前。

　　竹丛青翠欲滴,被午后的阳光一照,就像是镀了一层金,而竹影婆娑间,这层金色仿佛流动起来,再加上微风吹过竹叶摩擦时发出的沙沙声,浮光掠影之间,让书勤沉醉其中,仿若回到了小时自家的竹园里,久久不能自拔。

　　正出着神,却听身后传来一个老者的声音:"公子可是来买书的?"

被这个声音一唤，书勤猛然回过神来，回头见到一个须发皆白的老者正站在她的身后，笑眯眯地看着她。

书勤有些尴尬，连忙行礼道："我是路过这里，听闻这里有座金玉阁，故而过来看看，结果一进门便看到了先生种的这丛翠竹，觉得实在好看得紧，一时间入了神，先生莫怪。"

"呵呵。"老者拈着胡须也看向那丛翠竹，笑道，"这竹子也就这会儿好看些，公子来得真是巧。"

说完，他转身进了竹扉之内，书勤见状，也急忙跟了进去。

一进竹门，书勤先看到一条木板铺成的走廊，走廊很长，书勤猜着应该是横贯了这所建筑的大部分外围，而就在她刚刚进门的廊上，搭着一个木榻，木榻的上面是木质的茶台，一只红泥小炉正置于茶台旁。小炉的上面正温着一壶水，茶台上面摆着茶具，两只杯子相对放着，想必书斋的主人适才正同友人在饮茶。

此时，老者已经走进了里面的屋子，进了柜台的后面，对书勤招呼道："公子想买什么书？小店不大，也不知道有没有公子想要的。"

听到招呼，书勤这才走进屋子，结果环看一番后，却发现这书斋里摆满了书架，每个书架上更是摆满了书。虽然书斋不大，而且只有一层，远不能同岭南王府那三层的藏书楼相比，但是每座书架都很高大，完全不逊于藏书楼第三层书架的高度，甚至于在书斋的角落里也有一架同藏书楼很相似的梯子，虽然离得远看不太清，但梯子的下面想必也是装了木轮的。

走到柜台前，书勤又向老者身后放着书画卷轴的架子扫了一眼，问道："我就是想问问，咱们这里有没有辨认古字的典籍。"

"辨认古字的典籍？"老者想了一下，"公子说的是哪种古字？"

书勤凭空比画了几下："应该算是金龙文吧，就是以前刻在钟鼎、竹简、龟板上的文字。"

"公子说的可是金龙朝那会儿的古字？"老者吃惊地问道，"能从那时流传下来的文字，可不多呀！"

"只是些拓本而已。"书勤笑道，"我也是好奇才学着认的，真迹自然是没有的。"

"那也很珍贵了。"老者郑重道，不由得再次打量了书勤一番。

不过紧接着，他却犹豫了下："小店的确是有些字帖什么的，不过正如老夫刚才

所言，这种字帖也同样很珍贵，小店是不卖的，若是公子想看，老夫倒是可以为公子找来，只不过公子只能在小店查阅，决不能带出去的。"

听他说这里也有，书勤自然欣喜异常，连连点头道："有纸笔亦可，我可以边写边记。"

"小店的纸笔随便公子取用，您只需留些茶钱即可，不如您先到里面的桌位坐一坐，老夫这就给您将字帖取来。"老者笑道。

"这是应该的。"听说只要付茶钱便能看书，还有位置坐，书勤只觉得这间书斋的服务实在贴心，自然立即应允。

进了里面的屋子，书勤果然看到有几张桌子在里面，一看就是给前来看书的人准备的，书勤找了一张靠窗的桌子坐下，而不一会儿工夫，老者就用一个托盘端来了厚厚的一摞书和笔墨纸砚，一起摆放到书勤的面前。

"公子，这里面除了书帖，还有几本是同那金龙朝有关的书籍，想必对公子也有些用处，老夫就给您一起拿来了。"

"多谢多谢！"

书勤惊喜不已，宝贝似的将这些书放在靠里的桌角上，省得它们不小心滑落，然后她又将笔墨纸砚铺置妥当，这才抽出一本翻阅起来。而不一会儿，书勤的茶也送上来了，只是她此时看书已经入迷，还时不时地用手在字帖上描摹着，根本就不曾注意到。她那副认真的样子，令老者看了实在不忍打扰，只是将茶放在一旁，便离开了。

刚出了里屋，老者便看到厅中有人，却是又有客人到了，连忙上去招呼，来人是个穿着蓝色袍服的青年，看到老者从里屋出来，他往里面扫了一眼，视线正落在书勤所在的那张书桌上。

老者见他举止怪异，似乎注意力并不在书上，不禁问道："公子来买书？"

蓝袍青年略收了收投向里屋的视线，看着老者点点头，算是默认了，不过紧接着，他的眼神又有意无意地看向了屋里。

他眼神飘忽，老者十分不喜，故意挡住他看向里屋的视线，用手在周围的书架上虚虚地一划："经史子集，公子想要买什么书，可告知书名类别，老夫好为您查找。"

被老者这一遮挡，蓝袍青年的注意力这才被拉了回来，他向四周看了一眼，皱了皱眉，然后指着里屋道："她看的是什么书？"

老者向里屋看了一眼，笑道："她看的书，只怕公子不感兴趣。"

青年脸色一滞，撇了撇嘴："有没有兵法之类的书？"

"自然是有的。"老者笑了笑，走到柜台后面，从中间的格子里拿出来一个包装精致的蓝色书盒，放在柜台上，"《孙子遗册》，公子可是要找这个？"

虽然对这《孙子遗册》早就倒背如流，但青年还是点点头，不过看到那精致的盒子，他又皱了皱眉："普通的就好，我自己看的，这盒子太华丽了。"

他这句话倒让老者刮目相看，语气随之缓和了一些，笑了一下："原来公子是要自己看？"

"嗯"了一声，青年看了看屋子里面，用下巴指了指里面的书勤："你这里也是可以看书的吧。"

老者一愣："您不是要买书？里面是为了方便一些客人查阅时用的。"

青年一挑眉："我买都买了，难道还不如她一个借的？"

老者看出这个青年是铁了心要进里面，沉吟了一下笑道："也不是不行，不过进里面读书需要付些茶钱的，公子虽然买了，也是……"

老者的话还没说完，却见青年拍了一大锭银子在柜台上，一脸不耐烦："这样总够了吧？"

这锭银子够好几套《孙子遗册》的钱了，还是"精装版"，虽然对这青年多有不喜，可书斋毕竟是打开门做生意，没必要同银子过不去，于是老者又笑了下，指了指里屋门口两边贴着的"静""思"二字，低声道："够是够了，不过公子切记这两个字，切勿大声喧哗。"

"知道了知道了。"

青年有些不耐烦，一拿到书，就抱着《孙子遗册》进了里屋，四下环顾一番，特意找了正对着书勤的一张桌子坐了下去。不过，即便对面多了一个人，书勤却恍若未觉，仍旧低头看着她手中的书，还不停地书写着什么。

青年皱了皱眉，但终究还是没发出什么动静，而这个时候，老者端着茶上前放在了书桌上，青年低头瞅了瞅，发现只有一壶一杯，撇撇嘴："可有糕点？"

老者一怔，笑着摇头。

"干果总有吧？"

老者仍旧摇头："公子，这里不是茶楼，只是书斋罢了。"

他们这番对话，总算是让书勤抬了抬头，不过也只察觉对面多了一个穿着蓝衣的

青年，而后她便低下头去，继续心无旁骛地看她的书去了。

青年的眼角瞥见她往他这边瞅了一眼，心中原本是有些得意的，可不想她也只瞅了这一眼，便又重新看起书来，脸上更是半点儿波澜都没有。这让他非常不爽，有心轻嗤一声，可那个字到了唇边，又被他吞了回去，随即"呵呵"了两声，对老者道："也是，这里自然不会有糕点和干果的。"

老者闻言，立即指了指门口的方向，那里贴着同外面一模一样的两个字，然后用手在唇边比了比，示意他保持安静，这才拿起茶盘离去了。不过到了书勤桌旁的时候，他停了停，用手摸了摸已经凉透却还满着的茶壶，小心地问了句："公子可要换壶热茶？"

书勤抬头感激一笑："不必了，这样就好。"

她看书时，很少会用茶点，生怕会洒落在桌上污了书，即便在藏书楼的时候，榻旁有专门放置东西的小几，她也不愿在看书的时候吃喝东西，侍女们怎么端上来的，往往又会怎样端下去。家里尚且如此，更何况是在这里，手中拿着的还是借阅的书。

书勤说完，又继续低头看书了，于是老者赞许地点点头，又装作无意似的瞟了眼脸色已经极其难看的青年，这才出了屋子离开。

就这样，接下来的时间里，书勤全神贯注地看书，而那个青年则时而瞅瞅眼前的书本，时而看看对面的她，又时而看着窗户外面发发呆，竟然就这么一起坐到了夕阳西下。

此时，书勤已经将老者为她送来的那一厚摞书全部看完，笔记也记了满满几大张，着实觉得受益匪浅。不过与之相反的是，那青年的打算却实实在在落了空，脸色自然也越来越难看，到了最后，他只觉得自己简直蠢到了极点……他到底是哪根筋不对，才会在这里不声不响地枯坐了整个下午，为的只是争一口气，让她先发现自己，同自己打招呼呢？

收拾好桌上的书本，书勤看向窗外，这才发现外面竟然也种着翠竹，显然，这书斋的主人应该是极喜欢竹子。夕阳的余晖此刻落在竹子上，却又赋予了竹丛不一样的意境，让人百看不厌，只是瞅着瞅着，书勤突然"啊"地发出一声惊呼，抱着书桌上的书就冲向了门外，甚至还被不高的门槛绊了一下。

青年刚才看到书勤抬起了头，也知道她看完了桌上的书，本以为她就会往这边瞧了，却不想，她竟然就这么抱着书冲了出去，这让他有些猝不及防，所以也拿着自己的书离开了桌子，一脸疑惑地慢慢向外屋踱去。

而这时，书勤已经到了柜台前，将书放到柜台上，一脸急色道："不好意思，我忘了时间，还有人在等我呢，老先生，茶钱是多少？"

看到书勤着急的样子，老者连忙查验了下书，确认完好无损后，这才道："公子别急，说起来，天色虽然有些晚了，却还未黑，茶钱是五十文。"

"好。"

书勤点头，就要拿钱，只是一摸腰间，脸色却变了，她出门时原本挂在腰间的荷包，不知何时居然不见了！

她的神色立即落入了老者的眼中，不禁关切地问道："公子可是有所不便？"

书勤的脸色涨得通红，她又低头看了看自己的腰间，甚至还前后找了一番，确认自己的荷包的确是已经无影无踪后，很抱歉地对老者道："先生，我的……我的荷包不见了。"

老者的脸色也是一变："里面可是有贵重的东西？"

书勤摇了摇头："就是一些散碎的银子和铜钱，大概……大概是在逛老祖庙的时候，掉……掉了……"

老祖庙那里挤挤挨挨的，书勤说掉了已经是很隐晦的说法了，最有可能的就是被人偷走了，不然的话，她出门时戴在身上的玉佩还好好的，并没有丢失，怎么可能只丢了荷包呢？

这玉佩乃是她在宫中时被一个小太监硬塞在手里的，并不值什么钱，质地也一般，这次出门她就怕太张扬，才没有带公主留下的那些，而是带了它出来压衣角，说起来，也算是她为数不多的属于她自己的东西，不过眼下看来，怕是要暂时离开她一阵子了。

于是她迅速解下身上的玉佩，一脸羞赧地放在柜台上，结结巴巴道："这……这是朋友所赠，虽然不值什么钱，可也算是珍贵，我如今荷包掉了，先把这玉佩押在先生这里，等明日我让家人拿了钱来赎可好？"

从书勤一进门，老者就很喜欢这个后生，而经过这一下午的观察，他可以看出，书勤的确是个爱书护书之人，虽然这茶钱是店里长久以来的规矩，可也并非是无法通融的。

本着惜才爱才之心，老者正想将玉佩推还给书勤，免了她这次的茶钱，却不想一只手突然从柜台上将那块玉佩拿了起来，然后凑在眼前仔细验看一番后，撇嘴道：

"呵呵,这也算玉?一块石头罢了,依我看,不值五十文吧。"

被这个声音吓了一跳,书勤立即转头望去,却是那个蓝袍青年,虽然她一下午只顾着看书,但是有个人进来了,她又怎会毫无察觉?不过,之前她只是瞥了他一两眼罢了,此时这青年离她这么近,外面光线又比他刚才所坐的位置好上很多,她也终于看清了他的容貌,这才发现,这个蓝袍青年竟然长得还算不错,肤色也远比岭南当地人要白上许多。

此时,他的眉毛高高向上挑起,英气逼人,眼睛此时却充满了奇怪的笑意,微微上扬的嘴角则充满了嘲讽,而嘲讽的对象不是别人,正是特意针对于她。

尽管书勤觉得此人笑容古怪,还隐隐有似曾相识之感,可这次毕竟是自己理亏,而这玉佩她也的确不知道价值几何,只是想也知道,一个小太监的东西,又怎么可能值钱?于是她的脸更红了,对青年抱了抱拳:"公子说得对,只是我身上现在只有这东西,我实在是……"

书勤话语中充满了歉意,态度也诚恳,可听了她的话,青年的脸上却闪过一丝诧异,一时间竟然不知道该说什么好了,与此同时,他的眉头也皱了起来,原本充满嘲讽的眼神此时却渐渐聚集起了莫名其妙的怒意。

老者见状,连忙替书勤解围道:"公子莫急,若是不方便,改日差人送来即可,虽说是茶钱,可我见公子这一下午一口茶都没喝,这次,不如就算了吧!"

"算了?"还不等书勤开口,却听青年冷冷道,"我也一口没喝,难道也算了?难道老先生也要退我五十文?而且,我看的书可是我自己买的,是不是连书钱都一并退给我?"

青年没喝茶,完全是嫌茶粗,喝不惯,而撇去喝不喝茶这茬儿,他的话根本是胡搅蛮缠。

老者早就看出他根本就无心看书,只怕是冲着书勤来的,如今自己要通融,他反而不依不饶起来,再加上书勤看起来根本就不认识他,很明显此人是在故意找碴儿。

老者听了,脸上也闪过冷意,正想将他的书钱一并退给他,让他再不能张狂,却没想到,青年突然用手在桌上一拍,几块碎银子立即出现在柜台上,然后他头也不回地大步往门外走,边走边道:"她的钱,我付了……真是丢人!"

虽然他不知道这个女人为什么装作不认识他,甚至看到他时眼底连半分波澜都没有,可堂堂大安朝的端和公主,顶着岭南王未来王妃名头,竟然连区区五十文钱都要赊掉,她不怕丢人,他还怕堕了岭南王府的名头呢。

此时的闵江才觉得自己耗了一下午在这个书斋里待着，实在愚蠢至极，他要做的事情多得很，用得着为了同一个女子置气，耽误了几个时辰的大好光阴吗？

有那时间，还不如同蓝少陵一起吃鱼去！

闵江就这么付钱走人，还带走了她的玉佩，让有些头晕的书勤很是反应了一会儿，直到他的背影从门口的竹丛前闪过，院门处传来重重的关门声，她这才反应过来，"啊呀"一声就想追上去。

而对此事的转折，老者也是丈二和尚摸不着头脑，一把拦住书勤，颇感好奇地问："公子，你同那位公子认识？"

书勤一愣，却立即摇了摇头，用一种很不肯定的语气道："我大概不曾见过他吧！"

"大概不曾？"老者还是头一次听到这种形容，不禁有些错愕。

书勤眼中闪过一丝尴尬："只是看着有些眼熟，就是想不起来在何处见过。"

说着，她向老者拱了拱手："先生，在下先告辞了。"

说完，她便急忙追了出去。

虽然那玉佩不值钱，可毕竟是宫中友人所赠，放在书斋这里她还能寻回来，若是被这位不知道从哪里冒出来的公子拿去，只怕就再难寻回了，最起码她也要问他住在什么地方，姓甚名谁，改日也好找他去赎。

不过可惜，等书勤追出金玉阁，哪里还有那人的踪影？此时天色已暗，她怕卞姑姑等急了，只能沿着原路返回医馆，打算同她一起回去。

但世事总是难以预料，尤其到了书勤这里，今日在她身上着实发生了太多的意外。等她到达精诚医馆门口的时候，竟然沮丧地发现医馆已经关门了！

傍晚凉风习习，吹在人的身上本来应该很舒服，书勤却只感到了寒意，她又向周围看了看，发现不仅是医馆，就连集市上的其他摊贩此时也已经走了七七八八，剩下的也都在收拾摊子，看样子是打算回家了。

书勤自然不知，她们经过的这些集市，是民众自发组织的，并不是固定的集市，道路的两旁是当地的住户，所以平日里还是很清静的，只有集日这天最热闹。

至于那些摊位，也自然都是临时的，很多是城外的百姓拿着自家东西前来集市上贩卖，故而，也会早早地回去，通常下午申时前后人们就开始撤摊回家了。

而这精诚医馆，虽然的确是固定的医馆，而且后面就是郎大夫家的后院，不过今日他恰好有约，病人瞧得差不多后，也就早早闭上门了。

不过，老君庙前面那条街，倒是固定的市集，街道两旁也是固定的商铺，直到晚上宵禁前都很热闹，只是可惜，书勤此时并不在那里。

虽然书勤并不知道这里的集市为什么同平安城的不同，却也知道要糟糕了，她再也顾不得找卞姑姑，而是转身就往金玉阁的方向走去，想向老者打听去王府的路，好在她这次记了路，即便已经没了那些作为标记的摊子，她也很快找到了金玉阁。

可这次她再到金玉阁门口，却发现那里已经是铁将军把门，竟然上了锁，这让她的打算彻底破灭了。

书勤只觉得自己今日实在是倒霉到极点，但是到了这个时候，她更不敢耽搁了，立即按照之前那位摊主老黄的指引，去寻那位屠夫老吴，现在她只希望能够及时找到那位老吴，打听清楚去金锣巷的路，否则再晚的话，只怕更是糟糕。

果然，沿着金玉阁又向前走了很短的距离就到了路口，书勤立即拐向了西边。书勤还记得老黄说，离路口几丈距离处就是那个老吴的摊子，可转过来一看，发现这里虽然明显曾是集市，却早已散得七七八八，路口处根本没看到穿着粗布大围裙的摊主，自然也看不到卖肉摊子，这让书勤的心一下子沉入谷底。

不过，她还是不死心，又向西走了一段距离，结果还真让她看到了一个卖肉的摊子，只是，这个摊主既不高大人也不胖，更没有穿着粗布大围裙，反而精瘦精瘦的，此时他正在收拾案板上剩下的各种肉食下水，看样子也要准备回家了。

这会儿，书勤已经顾不上判断他是不是那个老吴了，几步赶了上去，客气地问道："请问，您是不是姓吴？"

"吴？"摊主愣了下，摇头道，"我不姓吴。"

虽然早知会如此，但书勤心中还是颇为失望，她又打起精神问道："不是没关系，这位大哥，我想问一下，金锣巷怎么走？"

"金锣巷？"摊主一愣，停下了正在收拾的手，眼珠一转，笑着道，"公子要去金锣巷？可是岭南王府和蓝府所在的那条巷子？"

王府自然在金锣巷，但是蓝府在不在，书勤还真不知道，不过想到昨日蓝月儿说她家离王府很近，那恐怕就是在一条巷子上，于是点点头："正是那条金锣巷。"

摊主听了眯了眯眼："哎哟，那可就远了，我一时还真说不清楚，不如我把小公子送过去吧？"

书勤听了心中一喜,她正巴不得呢,如今天色越来越晚,她真怕就算她问清了路,可天色昏暗,她的眼神又不好,仍旧找不回去,于是连连点头:"那就多谢大哥了。"

"不谢不谢!"摊主热情地摆手道,可随即他话锋一转,指着案板上剩下的肉一脸的为难,"不过,我的生意还没做完,不如等我将这些肉卖完了之后,再送公子。"

"卖完了肉?"书勤一愣,她看了看他案板上剩下的那堆颜色已经很灰败不太新鲜的肉,又瞅了瞅周围几乎看不到客人的集市,最后抬头看向已经变得灰蒙蒙的天空,皱了皱眉,"您这肉,还想卖?"

"不然如何?"摊主愁眉苦脸道,"家里老小等着吃喝呢,能多卖些银钱也是好的。"

说着,他眼巴巴地看向书勤,就差明说让书勤将这些肉全包圆儿了。

若是书勤此时钱袋不丢,为了早点儿回去,不要说买肉,就算白给他些银子做辛苦费也没什么,可她此时身上分文未有,纵然有心,也没有办法,于是她只得道:"实不相瞒,我的荷包丢了,此时身上并没有银钱,不如这样,你这肉我全要了,你送我回去,到家后我再让人给你银钱如何?"

这若是一般正经商户,听到书勤这番话,定然欣然应允,不过今日书勤显然是倒霉到极点,遇到的人和事都无法用"正常"来形容。

她此时遇到的这个摊主不但在家好吃懒做,还沾染了赌博的恶习。今日出来摆摊,也是被家人逼的,而他用来进肉的钱偏偏被他输了大半,故而进了些很不新鲜却便宜很多的病肉,这一整天都没卖出多少去,甚至还同顾客吵了几架。

他之所以走得晚,也是有个顾客发现肉不新鲜,回来找他理论的时候,同他争执起来,被他用屠刀吓跑了,哪想到那个顾客刚被吓走,便又有人来了,结果不是来买肉,而是想要问路,他又怎么可能放掉这个机会?

他眼见书勤身上的衣服光鲜亮丽,不像是一般人家的公子,还问起了望族大户云集的金锣巷,便起了大敲一笔的念头,想让书勤高价买下这些肉,好回去向家人交差。

而他若是此时将肉卖了也就卖了,到时候想把书勤送回去就送回去,不想送的话,中途溜掉即可,毕竟金锣巷里的人家可不是他们这些普通人能惹得起的,若是被他们知道自己骗了他们,肯定不会有好果子吃。

可如今书勤竟然说让他送她到家后再给他银钱，先不说等到了那个时候，他还有没有胆子要高价，单是现在，听她这么说，他便以为书勤是看穿了他讹人的心思，打算等到了家后再好好整治他。

有时候人就是这样，善恶只在一念之间，稍有偏差便会背道而驰。今日书勤这个"善"人，遇到了这个"恶"人，虽然是相同的说辞，可在理解上截然不同了。

于是摊主将自己的屠刀往案板上狠狠地一插，恶狠狠地说道："公子这是信不过老子？"

书勤被吓了一跳，根本就不知道自己是怎么得罪了这位摊主，更不明白自己话里话外又何时透露出信不过他的意思。可虽然不明白，但她也察觉这个摊主绝不是个良善之人，心中立即起了远离之意，于是干笑了两声："哪里，我何曾有过这种意思。不过，既然大哥不得闲，我还是再去问问别人吧，大哥的好意我心领了。"

说完，她就想速速离开。

此时集市上虽然人已不多，但也并非无人可寻，她若是再问几个人，兴许也能问出路来，总比同这个摊主起争执好。

不过可惜，这个摊主既然将书勤当成自己今日遇到的一只肥羊，又岂肯这么轻易让她离开？所以，看到书勤想要逃离，当即就从案板后面跳了出来，而后一手拔起插在案板上的屠刀，一手抓住书勤的肩头，冷笑道："怎么，耽误了老子的生意就想这么一走了之？我告诉你，今日这肉你要也得要，不要也得要。你没带银子？好，我看你身上这身衣服不错，还有头上这根簪子也值些肉钱，不如留下，否则的话，你休想离开这里半步。"

显然，巧取不成，这无赖是要豪夺了！

书勤没想到在集市上还能遇到这种事，等她想要呼救的时候，已经被这个无赖捂住了嘴，用刀抵住，拖到了旁边的小巷里。

小巷中的光线比外面暗多了，那无赖此时已经红了眼睛，干脆一不做二不休，直言让她把身上值钱的东西交出来。书勤怎么也没想到，好好的问个路，竟然会遭遇抢劫，只是她身上此时身无长物，算起来能值点儿钱的怕是也只有头上的簪子和身上这身男装了。

簪子一被拿下，她女子的身份立即就会暴露无疑，如今碰上了这个恶人，还不知道会发生什么更糟糕的事情，至于外衣，那就更不能给他了，岭南气候炎热，除了外衣，她里面只着一件轻薄的纱衣，一旦脱去，跟没穿衣服又有什么区别？所以，这两样东西,她是死也不能被抢去的。

只是,看到书勤既不拿钱,也不取簪脱衣,那无赖立即恼了,生怕一会儿有人过来察觉此事,他的计划会落空,于是便迫不及待地自己上手抢夺,而他第一件事就是想脱书勤的衣服,可书勤又怎能让他得逞?不但死死抓着衣襟不放,还趁着他松开她嘴巴的机会大声呼救起来,这让那无赖的耐心终于耗尽,低吼道:"还真有要钱不要命的,那好,老子就给你见见红!"

说着,他高高举起屠刀,向书勤的胸口刺去。

他当然不是想要她的命,只是想让她松开抓着衣襟的手,不过,若是这刀真的刺上去,书勤的一双手只怕也就废了,而且刀剑无眼,真让他刺中的话,还不知道会有什么后果。

就在这千钧一发之际,这个无赖突然痛呼一声,然后便听"当啷"一声响,却是他手中的屠刀落了地。紧接着,只见一个身影从巷子外面冲了进来,也不知道用了什么法子,三下五除二就把这个无赖打倒在地上。不过,也不知道是出手太重,还是这个无赖倒地时撞在了什么东西上,只听他发出一声闷哼,便再也没了动静。

兀自惊魂未定,书勤便觉得自己的手腕儿被人抓住,带着她跑出了巷子,而后又跑了好长一段距离,才慢慢停下来。

那人带着书勤跑得很急很快,书勤几乎跑出了此生最快的速度,但也因为如此,等他们停下的时候,她也喘息得越发厉害,半天都说不出话来。

最后,还是那人先开了口,怒道:"你读书读傻了吗?就这么被人拉进巷子里去了?你以为世上全都是手无缚鸡之力的书生,是可以跟你讲理的?"

这个时候,书勤终于稍缓过来,她抬头看向说话那人,发现对方竟然是在金玉阁为自己付茶钱的那位蓝袍公子,当即感激得热泪盈眶,于是两只手紧紧握住对方,感激涕零道:"今日幸亏有你,否则,我……我……总之,我真不知道该怎么谢你!"

被她兔子一样红通通的眼睛看着,闵江只觉得浑身都不自在,立即将眼神移到旁边,冷声道:"只是谢我就完了?"

"啊?"

书勤一怔,不知道他这句话究竟是何意,只是愣愣地盯着他……难不成这位见义勇为的公子也想要酬谢?

看她呆呆的样子,闵江心中更烦,干脆一把甩掉她的手,大步往前走去,边走边道："太晚了，该回去了！"

回去？回哪里去？这是让她赶快回家吗？可是她根本不认得路呀！

书勤环顾四周，此时天色早已黑透，她也早就不在刚才的街道上，周围更是一个行人都没有，她即便想问，也根本无从问起。不过这个时候，她看着前面的人眼睛一亮，暗叹自己真是被吓傻了，这不就是个大活人吗？他连她人都救了，想必问他的话，他定不会拒绝。

于是书勤三步并作两步追上他，紧跟在他身后，小声问道："敢问公子，可否告知在下，金锣巷在什么地方？"

闵江原本走得很快，此时听到书勤的话，突然一下子停住了，这让书勤差点儿撞到他的后背上，好在书勤及时刹住脚步，这才让她的鼻子没撞上去，免受池鱼之殃。

书勤好奇地抬起头，却见闵江英气的眉毛已经拧成了一个疙瘩，不禁愣了愣："怎……怎么了？"

看了她好一会儿，闵江才似笑非笑地问道："你刚才说什么？再说一遍。"

看他的样子，书勤猜测自己应该是说错了话，可究竟哪里说错了，她却根本弄不清楚，她不过是问他金锣巷在什么地方，怎么好端端的这人就生气了，难不成他同金锣巷的某一户人家有仇？

但是想归想，她还是又问了一遍："公子的救命之恩，在下没齿难忘，在下初来南临，人生地不熟，又同家人失散，故而迷了路，现请公子告知在下金锣巷的位置，在下不胜感激！"

闵江又仔仔细细打量了她一番，冷笑道："此时，你问我金锣巷在何处？只有你我两人的时候？"

这次，书勤饶是再迟钝也觉出闵江话中的异样，又仔细看了看他，冥思苦想一番后，终是无奈摇头道："这位公子，难道以前咱们见过？"

她可不记得自己遇到过如此豪爽大方、见义勇为，浑身充满侠气的公子……不对，她还真遇到过，就是那个救了自己，后来又在藏书楼遇到过的戴着斗笠的青衣男子，只是，偏偏那位救命恩人的样貌她竟然出人意料地记得清清楚楚，他们两人绝不会是同一个人。

有那么一刻，她也想到了岭南王府的世子闵江，只是在她的记忆里，她可不记得这位世子的声音是这样清脆富有活力的，而是暗哑低沉，至于其他，就是他时不时挂在嘴边的"嗤"声了，也正是让她极为看不惯的地方，就更不要说什么见义勇为侠义心肠了。

而且,那样的人,能随随便便把书踢出窗口的人,又怎么可能老老实实待在书斋看一下午的书?

这时,听到她这么问他,竟然在只有他们两人的时候还装模作样,问他是谁,问他们是不是见过……闵江笑了,然后眯了下眼:"你问我金锣巷,是不是还要问我岭南王府的大门在什么地方?"

看到闵江这种古怪的笑容,书勤第一感觉就是此人肯定同岭南王府有仇,否则,又怎么会露出这种咬牙切齿,恨不得把某人大卸八块才解恨的可怕表情?

书勤暗暗咽了口唾沫,琢磨着是不是趁着眼前这位态度忽冷忽热的公子还没发觉她是岭南王府的人的时候,先夺路而逃。

只是,还没等她做好决定,却见闵江突然转了头,继续往前走,边走边冷冷地道:"岭南王府是吗?好呀,跟我来吧!"

说着,他已经大步流星地向前走去。

虽然惊愕于他态度的突然转变,但是这种转变书勤还是乐见其成的,他依旧态度冷漠,好在已经不再咄咄逼人,再加上他刚刚还救了她,她没来由地信任他,认为他不会故意将她带到别处,丢在荒郊野外。

于是书勤小跑着跟上了他,默默地走在他身后,过了一会儿后,她看着他蓝色衣袍上银线绣着的云纹反射出的点点星光,再次低声道谢:"多谢公子。"

这一次,闵江根本就懒得理她,只是闷声往前走着,而书勤也不再多话讨嫌,悄无声息地跟在他身后,眼睛更是盯紧了他衣袍上反射的银光,生怕自己一个不注意将人跟丢了,走失在这一条条曲折幽深的巷子里。

两人就这么一前一后走了大概半个时辰,书勤发现道路似乎越来越宽阔,路的两旁也多了很多大门,大门两旁更是挂着各色灯笼,一看就是大户人家的大门。又向前走了片刻,随着巷子里灯光越发明亮,即便是眼神不济的书勤也陡生熟悉之感。

等他们到了一座两边立着石狮子的红漆大门前,闵江停了下来,然后转头看向书勤:"王府?嗯?"

到了这会儿,书勤岂能认不出来这是哪里?她就是从这里进的岭南王府,此处正是王府大门。

眼见终于找到王府,书勤双手交握,对闵江深深鞠了个躬,一脸感激道:"多谢公子大恩,在下宋勤,敢问公子如何称呼?又居于何处?日后在下定然上门拜访,以报公子救助之恩！"

"你问我如何称呼？"闵江突然笑得高深莫测，"我叫江自流。"

"江兄，那您现在住在何处？"书勤连忙又问。

"我住在……"

闵江说着，不禁抬头看向王府大门的上方，看着刻着"岭南王府"四个字的牌匾，抿起嘴角——既然你想跟本世子玩心眼儿，本世子就奉陪到底，本世子倒要看看，你究竟能装到什么时候。还宋勤，竟然连名字也想好了，难道以为本世子就不会随便起名字？

书勤正静静地等着闵江回答，却不想身后突然传来一阵沉闷的开门声，她急忙回头，却见几个仆役从里面急匆匆走出，而在他们的身后，则是满脸焦急的卞姑姑。看来，她这是早就回了王府，如今久等不着，正欲出去寻她。

她一出门看到书勤站在大门外，脸上自然惊喜万分，嘴中喊着"公主"，立时冲了过来。

听到卞姑姑一急之下竟然喊出了自己的身份，书勤急忙看向救命恩人，生怕被他听到，只是等她回头，早已不见恩人的身影，也不知道他是何时离开的……

从侧门进了王府，回了流心斋，闵江发现蓝少陵竟然还在，不禁皱了皱眉道："你怎么还没走？"

看到他回来，蓝少陵的眼睛一下子变得亮晶晶的，不等他走近便起身迎向了他，看着他身后小声问道："如何？"

"什么如何？"闵江此时心中正窝火，自然没给他好脸色，进来后径直坐在正中的椅子上，剑生则马上为他奉上茶。

"还能如何？"蓝少陵故作神秘地凑到他面前，"我都听说了，下午的时候，天养园乱作一团，说是公主不见了……快说说，你同她今天到底去哪里了？怎么这会儿才回来？"

蓝少陵一脸八卦样，让闵江看了更不顺眼，当即冷哼："她去哪儿了我怎么知道，你哪只眼睛看到我同她在一起的？"

"你真没同她在一起？"蓝少陵一脸不解，"可闵浸那小子分明说了，在老祖庙的人群里看到她们主仆了呀！"

"他看到了你去找他，何必来问我？"闵江继续冷笑。

这下，蓝少陵彻底哑了，略作沉思皱了皱眉："那可就糟了，既然公主没同你在一起，那是去哪儿了，不会……真出事了吧？"

看到蓝少陵一脸的担忧，想到自己这一下午像傻子一样跟着她，闵江忍不住咬牙道："管她去哪儿，反正死不了！"

"咦，你这是说的什么话，就算你不喜欢她，可她毕竟是皇家公主，未来还是你的王妃，这么咒她可不好。"蓝少陵向来怜香惜玉，虽然还未见过端和公主本人，可听到闵江如此不解风情地说自己未过门的媳妇儿，还是难免有些担忧，忍不住劝道。

"王妃？"听到蓝少陵这么说，闵江却想到了早上出门时刚刚得到的消息，冷笑一声，"这还真说不准呢。"

"什么？"这下蓝少陵又愣住了。

此时闵江已经变得极不耐烦，站起身来轰他道："行了行了，你还是趁早回家吧，回去得晚了，只怕又要被你娘骂了，以为你又去了什么不正经的地方，连累我也受埋怨，怪我影响了你们蓝家开枝散叶的大计。快走快走，看着你就心烦！"

蓝少陵同闵江从小到大焦不离孟，如今都到了娶亲的年纪，偏偏两人都对此不上心，早就让蓝夫人颇有微词，眼见闵江被皇帝指了婚，而蓝少陵还在外面游手好闲，丝毫不考虑绵延子嗣的大事，蓝夫人也不禁着了急。

所以，自从岭南王府接到圣旨后，蓝夫人已经在自己府里举行了好几次宴会，每次都要求蓝少陵必须出席，就是想让他能借机觅得中意的女孩，实在令蓝少陵烦心不已。所以，他最近才早出晚归地四处游荡，就是怕被娘亲抓到。

故而若是有可能，他真想一直待在王府里，恨不得连晚上都同闵江睡在同一张床上，最起码这样，不用怕他娘亲突然冲进他的房间，不分昼夜地又是一通说教。

只是，他想的虽好，却不止一次被闵大世子下了逐客令，尤其是最近这一个多月，这位闵大世子变脸就跟翻书一样，说是喜怒无常都不为过，他打不过闵江，自然也只能认了，乖乖地离开王府回家。

不过，临出门的时候，他却仍旧忘不了八卦一番，问看大门的仆役，有没有看到公主回来，而在得到肯定的答复后，他眼珠转了转，却拊掌低笑："哈哈哈，一起消失，又一起出现，怎么可能有这么巧的事情？还说没事，怎么可能没事？他这是不好意思了，竟然不好意思了，哈哈哈哈！"

边笑着，蓝少陵只觉得自己心中的郁郁一扫而光，而后在看门仆役惊诧的眼神中，得意扬扬地离开了。

蓝少陵刚离开，闵江便将剑生叫了来，如此这般地耳提面命一番，却把剑生吓了一跳，于是瞪圆了眼睛看着闵江："世子，您是说要调查公主在宫中的往事？"

闵江撇嘴："让你去就去，那些随公主出嫁的侍女如今不是还有几个活着留在驿馆吗？你去好好打听下，越详细越好，哪怕是平日里最微小不过的习惯，你也不要漏掉。"

"是！"剑生只能领命。

等屋子里只剩闵江一个人，他终于久违地轻嗤了一声："除非是个傻子⋯⋯否则怎么可能认不出本世子？一定是装的！以为这样本世子就会注意你？等着，本世子非要让你露出马脚不成！"

那日回到天养园，书勤才知道，原来卞姑姑同她失散后，并不是像书勤一样挤出了人群，而是又往里找寻了好一会儿，直到那个昆仑奴表演完毕，瞧热闹的人群渐渐散了，她才惊觉不对，连忙挤出人群去了老祖庙的庙门口。也是那个时候，她被出门迎送香客的小僧人告知，一个貌似书勤的年轻男子已经沿着小路离开，她这才匆匆追了过去。

不过，等到了精诚医馆所在的那个集市后，她并没有注意到早上吃粗粉汤的黄老板，而是直奔医馆，这个时候她的确是同书勤想到一起去了，以为书勤会在精诚医馆等她。可惜等她到达医馆的时候，书勤已经离开去往金玉阁了，而那个记下书勤名字的伙计刚好有事去了郎大夫的诊室帮忙，暂时不在药房，方子自然也不是他收的。

所以，虽然他没一会儿就回来了，他却没有及时看到"宋勤"这个名字，更不要说向卞姑姑转达书勤留下的信息了。

卞姑姑排了好久才拿上药，但是看到这么久书勤都没有出现，她自然第一个想到的就是她一个人回了王府，于是药一到手，她便匆匆往王府赶，并不敢在医馆久待。

当然了，等她赶回天养园并没有看到书勤的影子，也询问了莲心，得知书勤并不曾回来后，这才有些着急了。当时她就想禀告岭南王，立即派人出去找人，可最终还是担心公主第一次出门就出事，会影响她日后出入王府的自由，故而又在天养园等了大半个时辰，直到后来心惊肉跳得实在是耗不下去了，她这才去前面禀报岭南王。

只是今日岭南王恰巧出门了，王妃竟然也访友去了，管家不敢擅自做主，只能先派几个仆役去老祖庙附近找人，毕竟那里是最容易失散的地方，同时立即着人通知王妃。

王妃闻讯，马上赶回王府，可这一耽搁，天色也暗了，故而直到书勤到了王府门前，才看到卞姑姑带着人出来，打算继续找她。

虽然经过了一番折腾，好在书勤还是及时赶回来了，也算是有惊无险，听闻她只是在岭南城中迷了路，王妃并没有多说什么，而是让人送了些安神汤，同时叮嘱她下次再出门的时候要多带些人，不要只带一个下人出门。

王妃遣来慰问的人走后，书勤才把今日同卞姑姑失散后的事向她娓娓道来，不过，为了怕她担心，故意略去了在肉摊前遇险的那一段，只是说听了老黄的指引，赶在老吴收摊前找到了他，在对方的指引下找到了金锣巷，最终安然返回王府。

当然了，这样一来，那位帮了她大忙的蓝袍青年也自然一并略去了，反正卞姑姑带人出门的时候也没看到他，再加上她猜测此人同王府有些过节，就算为了他的救命之恩，她也要替他隐瞒一二。

可即便如此，听了书勤的讲述，卞姑姑还是觉得胆战心惊，尤其是听到书勤想找她却怎么也挤不过去，甚至还被人推了好几把后，更是觉得身上直冒冷汗，心有余悸道："幸好他们没有发现你是女子，否则岂不是要被占去很多便宜？王妃说得对，以后咱们出门，一定要多带些人手，不然真是太不安全了。"

说到这里，她的脸上却露出一丝难色："可若是去那医馆，带的人多了就很不方便了,我看这样,日后就我一个人去医馆配药抓药好了,别人问起,我就说我自己去瞧病。"

尽管书勤仍觉得这种事情没必要隐瞒,但是今日卞姑姑已经够担惊受怕了,自己也疲累不堪,实在是不想因此事再同她起什么争执,便暂且按下不提,只是点头应了。待洗漱过后,很快入睡。

这一夜,她又梦到了画意,不过她却是对她微微笑着的,只对她说了一句"你要好好的",随后,她便看到画意的身后若隐若现地浮出了两个身影,一青一蓝,只是那样貌她却是怎么也瞧不清楚……

第二天一大早,书勤刚刚收拾妥当,正打算去藏书楼看书,管家突然来报,说是岭南王让公主去前面的大书房,交代有些事情要同她商量。

以为还是昨晚她迷路晚归的事,书勤心中做好了被怪责的准备,便让卞姑姑和莲心陪着,一起去了前院。

虽然知道前院的大书房是王爷用来同幕僚们商量正事的地方,书勤却没有多想,毕竟她此时身份未明,甚至可以说是代表了皇帝,所以与女眷不同,作为一地藩王,岭南王在这里见她无可厚非,而且显得比较正式。

不过,进了大书房后,看到不但岭南王在,甚至王妃也在一旁陪着,书勤便又觉得此次见面有些不一般了,心中立即想起了之前的猜测,知道自己一直挂心的事情怕是今天便会有个结果了。而且,很有可能会往自己最期待的方向发展。

果然,岭南王让书勤落座后,稍作寒暄,便说出了此次让她来的原因,的确是平安城里荣盛帝的旨意到了,而荣盛帝也果然接受了岭南王所请,同意岭南王府在调查清楚公主被刺杀一事之后,再请旨完婚。

但这个期限并不是永久,最多只给了岭南王府三年的时间,也就是说,若是三年后岭南王府仍旧查不出真凶,便须立即给世子和公主完婚,完婚后还要世子亲自前往平安城请罪。而在这段时间里,公主便以未婚妻的身份暂居王府。

荣盛帝还在圣旨里要求岭南王府不得怠慢他最宠爱的女儿,否则便以侮辱皇室入罪。

岭南王将圣旨的内容原封不动地转达给书勤,到了最后干脆将圣旨递到了书勤手中,笑着道:"陛下很挂心公主,可又担心回京路途遥远,再让公主发生意外,只得暂时让公主留在岭南。公主放心,我们岭南王府必定会保护好您的安全,若是天养园

住得不习惯,我可以着人另建一所公主府供公主起居。"

另建公主府,这是打算耗满三年吗?

书勤自不会让他们另行建府,虽然若是有了单独的府邸,她同卞姑姑会自在许多,可正所谓"背靠大树好乘凉",在岭南王府住着,一应衣食住行自然有岭南王府提供,若是离了岭南王府,就凭端和给她们剩下的那些东西,她们能不能养活自己还两说呢。

所以,无论如何,她们都不会离开岭南王府这棵"大树"的,再说了,若是她离了王府,离了天养园,又到哪里去找一座藏书楼?那可是她最割舍不下的心头至爱。

于是她抬头对岭南王笑道:"王爷有心了,不必那么麻烦,天养园就很好。"

岭南王这句话其实也只是试探,他对公主以前在平安城时飞扬跋扈的性格略有耳闻,这一个多月来他也在暗暗观察天养园的情形,却并没有发现她在行止上有太过出格的地方,反而很低调,这倒让他更摸不透这位公主的脾性了。因此对他来说,建不建座公主府是件小事,关键是这位端和公主是不是有逃脱他们岭南王府监视的心思。

想当初那位西川王,不也是府里多了个女人,才最终酿成大祸,家破人亡?虽然那个女人的身份远远不如这位端和公主,可事隔这么多年,皇帝又塞了个女人给外姓藩王,即便是高高在上的公主,他的亲女儿,他又怎么可能不防?

所以,听书勤这么说,岭南王暗暗点头,然后笑道:"那就委屈公主了,不过,天养园虽然不小,可等过几个月宫里的人到了,恐怕会有些拥挤,若是住不下,我就着人将隔壁的寿芳园打通给公主居住,公主觉得可好。"

"宫里的人?什么宫里的人?"书勤一愣,连忙看向手中的圣旨,刚才只顾着回答岭南王的话,她并没有将后面几句话看完,这时候她才发现,圣旨的后面还写着一行小字,上书"另着浣翠轩三十宫女前往岭南侍奉,即日启程"。

浣翠轩是端和公主在宫中时的居所,书勤陪着她在那里足足住了五年,看到这三个字她原本应该感到无比亲切,可此时,她却觉得手脚冰凉,脸色都变了。

这是说,荣盛帝要把以前在浣翠轩侍奉端和公主的侍女也送到岭南来吗?

当初端和公主离开平安城的时候,的确恳求荣盛帝允许浣翠轩的宫女同她一起前往岭南,可最终皇帝竟然只准许了她们几个贴身的陪嫁,还说什么让公主入乡随俗,有几个合用的就是,完全是一副置之不理,懒得管她死活的样子。所以这一路走来,端和的怨气才会那么大,认为自己是被贵妃坑害了,被父皇坑害了,他们让她去岭南就是发配流放,就是为了让她吃苦受罪。也正因如此,她的胆子才会那么大,干脆

一不做二不休，偷梁换柱，留下书勤顶替她出嫁，自己同临安侯世子私奔了。

而如今，莫非荣盛帝良心发现，觉得自己对这个公主太过苛刻，才会突发善心，将浣翠轩里她得用的宫女全都送过来吗？

"陛下果然心疼公主，一听闻公主侍从死伤大半，便立即又从宫中抽调人出来，千里迢迢送来侍奉公主，实在是让人感动。"此时，只见一旁的王妃拭了拭眼角，看向岭南王，"这让我想到了浚儿，若是我的儿子要与我相隔千里之遥，我也是不放心的。"

随即她站起来走到书勤面前，拉住她的手叹道："公主放心，既然你在我们王府，就把这里当作你的家吧，纵然好事多磨，可你这个媳妇我已经认下了。咱们娘儿俩投缘，日后有什么要求尽管来找我，无须客气。"

说到这里，她突然皱了皱眉，低头看了书勤的手一眼，担忧道："公主的手怎么这么凉，可是不舒服？"

书勤心中一惊，连忙回过心神，一脸感激道："多谢王妃关怀，我只是想到当初在宫中时，父皇和贵妃娘娘对我处处照拂，如今却分隔千里，仅凭书信才能得知父皇情形，深感不孝至极。再想到父皇时刻挂念着我，而我当初离京时还心有怨气，实在是太不该了。"

听她这么说，王妃脸上露出心疼之色，拍着她的手背安慰道："做父母的哪有不挂心自己孩子的，公主能这么想，我和王爷心中甚慰。"

从大书房出来，书勤和卞姑姑一路无话，直到进了天养园，她同卞姑姑回房后，卞姑姑的脸色才一下子变了。然后她一言不发地冲向衣柜，打开柜门开始收拾东西。

书勤急忙过去将她拦住，抓住她的手道："姑姑，你做什么？"

卞姑姑一脸急色："做什么？当然是给你收拾东西，你也快些准备，等明天一早就离开王府，不管去哪里，再也不要回岭南。"

"那你呢？"看到她的样子，书勤沉声问道。

"你别管我，我毕竟是宫中正经在册的姑姑，只要推说不知，他们不会把我怎么样的，最严重也不过是把我押送回平安城，等到了那个时候，我把公主的事情告诉陛下，一切真相大白，陛下也不会过分苛责于你。"

"然后呢？"书勤又道，"为了掩藏这种丑事，将你秘密处死？"

卞姑姑此时已经破釜沉舟，坚定道："我本来早该死了，能活到现在已是造化，而你,好孩子,你以后日子还长,你在外面,一定……一定要好好地活着……"

书勤抿了抿唇,使劲儿握了下卞姑姑的手:"姑姑,如今这件事情还没有落实,咱们又怎么能自乱阵脚,那样的话反而会被人察觉出来……"

"可等浣翠轩的宫女们到了……"

"你先听我说。"给她一个镇定的眼神,书勤继续道,"我算过了,就算陛下下了圣旨后立即让宫人们上路,可这岭南千里迢迢,咱们来到此地尚且用了一月有余,又何况是别人?她们的马匹必定是比不上公主车队的马匹,再加上现在天气越来越热,据说雨季也快来临了,她们赶路的速度也必定比不上咱们来时,所以,真要等她们到达,恐怕至少也要一个月之后了,甚至两个月。"

"一个月?一个月!"卞姑姑喃喃自语,有些失神,"可一个月之后呢?"

"一个月之后?"书勤咬咬唇,"刚刚岭南王不是还说,天养园住不下就打通旁边的寿芳园吗?咱们借住在这里,怎么可以随随便便就破坏他人的园子?到时候找个借口拒绝了就是。到了那时,咱们可以说天养园住不下这么多人,先把她们安置在外面,你再代我过去好好瞧瞧,就说先找几个伶俐的进府。浣翠轩的人姑姑想必全都认得,到时候你就挑些平时很少能见到公主真容的或者新来的先进来,至于其他人,咱们在外面养着她们就是,想必久而久之,岭南王府也就把这件事情忘了,然后你再想法子将其他人悄悄打发了。"

听完书勤的话,卞姑姑总算是平静了些,觉得她说的不错,浣翠轩那么大,而且今年过年后又重新筛选了一批新人,虽然原本是为了公主嫁入临安侯府做准备的,却也未必人人都见过公主真颜。而且,即便见过,也未必能近到瞧清楚的地步,真正贴身侍候公主的还是只有她们几人。

只是话虽如此,卞姑姑想了想又皱眉道:"可咱们若是将这些人推出门外,惹得王爷起了疑心呢?"

"若是咱们拒绝的人多了,王爷必然会觉得奇怪,不过,却不见得是坏事。"书勤低声道,"卞姑姑,我问你,若是你的话,可愿意自己家里突然住进来很多外人?"

卞姑姑一愣,立即明白了:"你是说,如果咱们将这些人安置在外面,岭南王反而会更高兴?"

"高兴不高兴我不知道。"书勤沉吟了一下,"但若是我的话,我要嫁入岭南王家,真心想要在岭南王府度过下半生的话,一定会这么做,因为只有这样,才会显得

同未来的婆家一条心，而不是仗着自家的权势，妄图在夫家为所欲为。"

说着，书勤苦笑了下："离家万里，即便下人再多又能如何？真要有事，就凭这几人又怎么靠得住？只能依靠婆家相公，其余的全是虚的。难道我还能指望着她们在危急时帮我去平安城求助？呵呵，只怕等她们的消息捎到了，我的尸骨也冷了，所以唯有靠自己。"

经过书勤一番鞭辟入里的分析，卞姑姑终于没那么急了，她佩服地看着书勤："好孩子，这都是你从书上学到的？你如此镇静，这么短时间就想到了这些道理，姑姑实在是不如你。"

书勤摇摇头："姑姑谬赞了，虽然我同你这么说，可我心里也是虚的，但是，若是像你那样立即就走，却是根本行不通的，若是那些人中真的有人认得我，咱们最后只怕也只有逃走一条路。可若是铁了心要走，也不能如此急躁，总要细细规划好了才行。路线、盘缠、车马粮食什么的……缺一样咱们都逃不出十里地去。而且，我也绝不会丢下你一个人离开。这一个多月的时间，咱们正好双管齐下，等她们到来的这段时间，正好可以细细筹谋逃走的计划，争取做到万无一失。"

这一下，卞姑姑彻底服了，脸上也瞬间有了笑意，她拉住书勤的手，热泪盈眶道："多亏有你，姑姑……不如你，遇事只会着急，差点儿坏了大事。"

"姑姑也是为我好，我又怎会不知！"书勤笑道，"不过姑姑，我现在饿极了，这都快到午膳时间了，我今日想吃你做的醋鱼，你可否做给我吃？"

"你看我，光顾着着急，都忘了要午膳了，我这就去给你做！"

说完，卞姑姑急匆匆地出了屋，往厨房去了。

卞姑姑离开后，书勤的脸色却沉了下来，一个人默默地坐回到房间里的书案前，静静地思考起来。

虽然她同卞姑姑说的大致没错，但是有一点没敢告诉她，若是真到了最后一步，她们必须要走的话，单靠一两个月的准备时间是远远不够的。而且她们现在实在是缺盘缠，就算她们有幸逃脱，日后的生计问题却是头等难办的大事。而逃向哪里，也要好好研究才行。

按说岭南靠近大海，她们逃往海外，应该是最简单容易的，只要上了商船，不管去哪里，都会离开大安，朝廷也绝不会再找到她们。可麻烦就麻烦在她们是女子，远行委实多有不便。

而且，即便能找到合适的商船，书勤也从未想过要离开大安，她还有很多未做完的事情,最起码,她父亲的冤屈她一定要为他洗刷。刚刚在王妃面前说的一句话,其实也说出了她自己的一部分心声,即便隔了万里,她也不能放下一切独自逃命,那样的话,她可就成了天下第一不孝女了。

所以,即便她要离开,目的地也只有一个,除了那里,她哪里都不会去!

午膳时,卞姑姑的醋鱼做得似乎有些酸了,所以餐后她特意做了点心作为补偿,书勤领着莲心她们在午休后全部笑纳。

众侍女品尝着点心,亭子里又凉爽舒适,故而气氛也轻松惬意,莲心干脆讲起了笑话,时不时引来一阵欢声笑语。

见气氛和谐安详,书勤笑着说道:"我以前在宫里的时候,规矩大,可从来没有人给我讲过笑话,更没人陪我吃过点心,一个个都闷死了,我觉得越来越喜欢咱们岭南了呢。"

莲心听了,眼珠一转,憨憨道:"可据说宫里的宫女姐姐们一个个都好漂亮,而且很多是大官家的女儿,肯定比我们更懂规矩,不是说,过一阵子她们也要从平安城来了,到时候公主不会不喜欢我们了吧?"

"怎么会!"书勤使劲点了点她的额头,笑骂道,"原来这才是你的小心思,怪不得今日这么殷勤。你们放心好了,咱们天养园就这么大,一时间只怕也住不下呢,总之,日后少不了你们的点心吃就是。"

宫中会送宫女来岭南的消息已经传遍了全府,所以莲心她们才会担心会被换下去。本来一开始她们还担心公主架子大,不好伺候,哪想到这一阵子接触下来,竟发现公主的脾气出奇地好,对她们也极好,现在其他院子的侍女们都羡慕她们,她们自然也不愿意离开。所以听到这个消息,难免会有些不安,而今书勤这些话就像给了她们一颗定心丸,虽然不知道届时会怎样,但一个个使出浑身解数表现就是了,于是伺候书勤更加精心、细致。

看到书勤几句话就安抚了人心,卞姑姑脸上微微带笑,对以后的打算更多了几分信心。

不过,就在凉亭中一片其乐融融的时候,却听外面传来侍女小声的阻止声:"小公子,小公子,您稍等,我去给您通报一声……"

"通报?我在府里,想去哪儿就去哪儿,什么时候需要通报!"

随着一个公鸭嗓般的声音响起,闵浚的身影出现在花园曲径的尽头,他走路很快,将跟着他的侍女甩开老远,几乎是小跑着到了书勤面前,然后他看了看厅中桌案上空空如也的点心盘子,没好气道:"你还有心情吃点心,是不是你在母亲面前告了状?"

闵浚过来劈头盖脸就是一番质问,书勤简直丈二和尚摸不着头脑,只得问道:"告状?告什么状?小公子这是从何说起呀?"

"难道不是你?"闵浚气呼呼地坐在了旁边的一张圆凳上,"我不就是不认得你写的字吗?你竟然撺掇我母亲送我到秦麓书院去。"

"秦麓书院?可是岭南当地最有名的书院?"听到闵浚的话,书勤眼睛立即亮了起来,"就是那个岭南第一大儒赵士谦赵谨之做山长的秦麓书院?"

看到书勤一脸的兴奋,闵浚更加肯定是她搞的鬼了,脸色愈加难看:"果然是你,你说说,你到底给我母亲灌了什么迷魂汤?我母亲最疼我了,平日连门都不让我出,这次竟然让我去那么远的地方上学,一定是你,一定是你同我母亲说了什么。"

听到闵浚出言不逊,卞姑姑有些不高兴了:"小公子,你有什么证据说是我家公主撺掇的你母亲?难道王妃让你多学些学问不好吗?"

"我们闵家的男人,何时去过外面的书院读书,从来都是请先生和夫子来家里教,怎么你来了,这规矩就变了?只因为你认得几个别人不认识的字,就该让我出去受苦吗?"

"闵家的男人从未去过外面的书院读书?"正在这时,却听一个声音脆生生地响起,"闵二公子,说你无知你还真的是无知呢,难道你忘了,第一任岭南王闵荣的长子,也就是你的太爷爷是在哪里读的书吗?"

循声望去,只见一个梳着双鬟髻,穿着淡黄色衣裙的小人儿蹦蹦跳跳地从花园中走来,却是蓝家的小姐蓝月儿。看到是她,书勤才想起她们今日的约定,脸上立即浮出笑意,而闵浚的脸上则露出古怪,原本高涨的气焰也弱了许多,皱着眉头看向她:"蓝月儿,你来这里做什么,谁让你来的?"

"我是来看公主姐姐的,哪想到却看到了某人信口雌黄,这是欺负姐姐是新来的吗?"蓝月儿翻了个白眼,跑到书勤面前,可第一眼看到的却是空空如也的点心盘子,当即哀叹道,"姐姐说话不算话,说了让姑姑教我的,怎么现在全吃完了?"

看到这个小人儿,卞姑姑脸上也浮出笑意:"蓝小姐放心,厨房还有,而且料我也早就备齐,就等小姐来了,等晚上做好了,你拿回家即可。"

"真的吗?"蓝月儿眼睛一亮,"那咱们现在就去做吧,我都等不及了。"

"好,好!"卞姑姑说着,立即看向书勤,征询她的意见。

听她现在就要去做,书勤忍不住笑道:"说是来看我的,我看呀,那点心比我可好看多了,去吧去吧。"

说着,她看向卞姑姑:"姑姑仔细些,蓝小姐还小,勿要让她接近炉火。"

"殿下放心。"

卞姑姑说完,立即带着兴高采烈的蓝月儿去厨房了,不过临走的时候,蓝月儿终究是很有良心地对书勤摆了摆手:"公主姐姐,等我做好了,第一个就端给你吃。"

看到蓝月儿走的时候向书勤打招呼,对自己理都没理,闵浸的脸色更难看了,直到她走远了,他才小小声地冷哼道:"去了别人家连句客气话都不说,还真是没礼貌。"

看到闵浸到了这会儿才敢吐槽,刚才被蓝月儿挤对得连话都不怎么说了,书勤便知这孩子只怕平日里被蓝月儿这丫头欺负得不轻,心中暗暗好笑。

不过,此时并不是她八卦蓝家同闵家关系的时候,而是闵浸带来的消息让她想起一件事,于是她对闵浸道:"小公子,你口口声声说是我撺掇你母妃让你去秦麓书院读书,可事实是我也是刚刚得知这个消息。早上王爷王妃的确找我去说话,可谈的是平安那边的回信,你的事情你母亲半句都没同我提起,反而说不舍得自家孩子远离。"

"真不是你?"闵浸的眼中闪过疑惑,"可为什么早上母妃出去了一趟,就说让我出去读书,她那会儿就是去见你吧?"

书勤眼神微闪:"的确不是我,你不信的话,我可以随你去见你母亲,到时候一问便知。"

"去见我母亲?"闵浸一愣。

"是呀,进府这么久,我还没去王妃的院子拜访过呢,干脆今日你就带我一道去看看吧!"书勤笑嘻嘻道。

王妃的静颐园原本位于整座王府的正中,不过自从天养园建成后,她的院子就显得略微靠前些了。但是即便如此,离闵江的流心斋仍有一段较长的距离,所以,闵浸要想去找大哥,至少要走一炷香的时间。因此,他心心念念要搬出母亲的院子自住。

他早就看好了,同流心斋只有一墙之隔的流古斋就很好,虽然名字老气些,原本是他们祖父所居住的园子,可他到时候把名字改了就是,干脆就叫赏心斋,正好同大哥的流心斋很配。

不过，他如今才十三，要想自己单住，还需要三年的时间，实在是让他有些着急。

这一路上，大概是已经相信不是书勤搞鬼让他出门读书的缘故，闵浚的态度稍缓，话匣子也打开了。从他的话里话外，书勤已经可以肯定，这孩子应该是极其崇拜他大哥的，兄弟两个感情甚笃，这也就不难理解为什么她写给闵浚的字，会在闵江手里，而且，还亲自拿着它来找她兴师问罪了……他这是要为他弟弟出气呢。

这一阵子她对岭南王府的情况也了解了不少，知道如今的王妃只是继妃。据说先王妃原本是当地世家的小姐，知书达理，同岭南王从小就认识，感情深厚，这才在长大后嫁入岭南王府做了王妃。只是原本琴瑟和谐，可是生闵江的时候难产，这才伤了元气，结果在闵江五岁那年撒手人寰。再后来，岭南王便娶了蒙畲族族长的妹妹蒙氏做了继妃，后产下闵浚。不过虽然同父异母，两兄弟的感情却是极好的，只是听闵浚说说，就让书勤很是羡慕。

边走边说，不一会儿就到了静颐园，同侍女说了声，闵浚就直接带着书勤进了大门，而等他们到达静颐园的客厅时，王妃早就带人在门外等着了。

看到书勤来了，王妃又迎了来，拉着她的手笑道："还真是稀客，我听说是浚儿又去烦你了？"

进了客厅，王妃同书勤相对坐好，书勤这才笑道："进府这么久早就该来拜访王妃了，是我失礼了。"

说着，她让莲心递上给王妃的礼物，却是一对从平安城的皇宫里带出来的瓶子、几块玉佩，此外最不能少的，就是卞姑姑中午刚做好的一屉糕点了。

王妃笑着让人收下，扫了眼旁边的闵浚："天养园的糕点在咱们王府可是越来越有名了，上次若不是浚儿拿回来几块，我还不信，看来公主心灵手巧，不但擅长诗词歌赋，这做糕点的手艺，一般人也比不了呢。"

书勤才不信王妃不知道自己送出来的糕点是卞姑姑做的，但是她这么说，她也笑着道了谢。又闲聊了几句后，书勤立即转入此行的正题，看了看旁边脸色难看的闵浚："听说王妃想送小公子去秦麓书院读书？"

王妃也扫了儿子一眼，叹口气道："真没想到，这孩子什么话都对你说，没错，我的确是有这个打算。"

"母亲，我不去，我在家读书就挺好的，我不想离开母亲。"闵浚听了连忙道。

"在家读书？"瞥了他一眼，王妃慢悠悠道，"那好，我问你，昨日你做什么去了？"

"我……我……"闵浸脸色变了变，"我同大哥出去了。"

"我替你说了吧。"王妃一脸无奈道，"昨日，孙先生本来要考你上个月学的诗文，你倒好，也不说一声就溜出去了，让先生枯等你一上午，还威胁下人不许告知我，对不对？"

闵浸脸色一变："昨日……昨日……我是去老祖庙，看……看……"

"你是去老祖庙门口看杂耍去了，你真当我不知道？"王妃痛心道，"你若真完成了先生留的作业，我何时阻你出去了？大不了就是叮嘱你多带些人注意安全罢了。可你该做的课业还未做完，你就如此贪玩儿，难道真想做个游手好闲的公子哥吗？"

听母亲这么说，闵浸不说话了，头也低了下来，只是盯着自己的靴子尖瞧。

看他不说话了，王妃这才重重地叹了口气："你知道吗？今早孙先生来向我辞行了，我百般挽留不住，只好让他离开了，你说说看，从你五岁入学开始，你气走过多少先生夫子了？"

"啊！"听说孙先生走了，闵浸也很吃惊，小声嘟囔道，"他的气量怎么这么小？不过是逃了一次课罢了……"

"住口！"王妃立即沉了脸，"这种话你也说得出来？我不妨告诉你，如今我再也找不到先生来府里教导你了，刚巧我一个要好的姐妹嫁给了秦麓书院山长为妻，索性就送你到他那里去，也省得你整日在家里闯祸。"

越说，王妃心中越是有气，甚至忘了书勤就在一旁。不过，虽说她有这个打算，但毕竟她就闵浸这一个儿子，终究是舍不得让他远离她去外面读书的，只是这次气急了，才会这么说吓吓他，希望他日后长进些。

不过，虽说她是吓唬人的，闵浸却当了真，连带书勤也当了真，此时又听说她同秦麓书院山长的妻子熟识，更是觉得天赐良机，连忙道："这秦麓书院的大名，我在平安就听说过，没想到您竟然认识山长，我有一个不情之请，不知道王妃能不能帮我。"

蒙妃本来在教训儿子，此时听到公主如此客气，也不好再当着她的面发脾气，看着她笑道："公主见笑了，什么帮不帮的，有什么要求你就说吧，都是一家人，不必客气。"

书勤一笑："我只是想让王妃帮我问问，这秦麓书院收不收女弟子。"

"女弟子？"蒙妃一愣，"你？"

书勤笑着点点头。

书勤的请求让王妃很吃惊，但还是答应帮她写信问问看，只不过据她所知，秦麓书院应该是不招收女弟子的，便让书勤安心回去等消息。

书勤前脚离开静颐园，闵浈后脚就跟了出来，气急败坏道："你不是说帮我求情的吗？怎么成了你想去书院了？"

书勤一愣，笑道："浈公子，我只是说向你证明不是因为我向你母亲说了什么，她才会送你去秦麓书院，并没有说要帮你求情呀？而且，去秦麓书院读书是我自己的想法，同你并没有关系，这件事能不能成还两说，你又怎么能再怪到我头上？"

只是，话虽如此，可闵浈从小被宠惯了，闵江又对他百依百顺的，所以，只要书勤不按他的意思为他求情，他就觉得她对不起他。而此时，他又想到了昨日蓝少陵对他开玩笑说的那番话，心中更别扭了，哼了一声道："你果然同我和大哥不是一条心，我大哥对我好多了，我去找我大哥去，他一定不会坐视不管的！我……我让他去找父亲帮我说情！"

说着，他气呼呼地瞪了书勤一眼，转头往闵江的流心斋去了。

对这位小公子强词夺理的本事，书勤这次可算是领教了，只不过，她倒是并不关心他是不是能去得了秦麓书院，她只关心她自己能不能去，今日闵浈一向她提起这件事她就动了心思，若是她能在秦麓书院待个一年半载，必能解决她们的燃眉之急。

她人都不在，就算有人认得她，又能如何？待时间久了，卞姑姑将该打发的人都打发走了，她们岂不是就安全了？而且，即便过个一两年有些人还能认出她，可到了那个时候，她们该准备的东西全都准备好了，想要离开还不是一句话的事情！

若是能待上三年，那就更好了，反正她也没想真的嫁入岭南王府，到时候同卞姑姑一走了之，任谁也找不到她们。

第九章

一路折腾吃苦头

回天养园的时候，蓝月儿做的糕点刚好出锅，虽然在烤制的时候卞姑姑坚决让她远离灶台，只在一旁瞧着，可其余的步骤她全都亲力亲为，所以，对这次的玫瑰蜜酥她也充满了期待。糕点一出锅，她就端着盘子来找书勤，非要让她第一个品尝。

盛情难却，书勤便尝了一口，发现除了比卞姑姑做的更甜些外，口感倒也不错。她说好吃，蓝月儿也立即尝了尝，却不想她的要求比书勤高多了，扬言下次一定要做出最完美的糕点。这毕竟是她第一次亲手做出来的糕点，她还是让人将这些"失败"的糕点装盒带回家，说是不能浪费，回去送给她大哥当夜宵吃。

蓝月儿的逻辑让书勤大开眼界，同时也明白为什么闵浚这么害怕这个小丫头了，显然这个小人儿若是不讲理起来，定然比他还要厉害。

装糕点的工夫，蓝月儿瞅着周围没有别人，低声问书勤道："公主姐姐，你刚刚去过静颐园了？"

"是呀。"书勤点头，"浚公子非说是我让他母亲送他去秦麓书院的，我是随他去同王妃对质去了。"

蓝月儿撇嘴："我就知道，王妃早晚会把闵浚同他大哥分开的，她总是担心世子会带坏闵浚。"

"什么？"书勤一愣，"你是听谁说的？"

蓝月儿见状又压低了声音："难道你不知道王妃不喜欢世子？"

"这个……"书勤还真不知道要如何回答。

"你可知为何？"蓝月儿又神秘地问。

"为何？"其实早就看出蓝月儿这孩子非常八卦，只是书勤没想到，她小小年纪竟然八卦到如此地步。

"我大哥告诉我，说闵浚满月的时候，竟不知被什么人扔在地上，当时只有世子在场。所有人都说是世子嫉妒自己的弟弟，才故意将他摔下地。可后来一个丫头证明，是一个新来的奶娘在奶浚公子的时候打了盹，所以没抱稳孩子，这才让他滑落在地，而那时闵江刚好进来看弟弟，吓得她立即躲了起来，这才会让人误会。可王妃就是不信，仍旧以为是世子想要害自己的儿子。所以，从那以后，她就极不喜欢闵浚同世子在一起，生怕会出事。"

蓝月儿的话听得书勤冷汗直冒，先不论这个说法是不是真的，单是能从蓝月儿一个八九岁孩子口中说出来，就足见当时真相是如何曲折了，总之就是，不管这件事是真是假，对错又在哪方，这看起来平静的岭南王府，恐怕暗地里也不安生，这更加让

第九章 一路折腾吃苦头

她萌生了去意。

不过对蓝月儿的好心相告，她也真的不知道该点头还是该摇头，抑或是谢谢她的热心，只得打着哈哈道："你大哥还真是……什么都对你说。"

"那当然，我大哥从小同世子一起长大，世子的事情没有人比他更清楚了。他也说了，那次的事情根本不怪世子，根本是王妃不喜欢世子才将这件事情闹大的，据说后来王爷为此还斥责了王妃，同王妃生了好大的气呢，故而王妃这么多年也只生了闵浚一个孩子，王爷很少在静颐园留宿呢……就连前几日世子病了，王妃也拦着小公子，不让他去探病，谁都看得出，这哪里是怕小公子打扰世子休息，根本就是王妃怕世子的病过给小公子。一点儿小事王妃都是防了又防，又何况是大事……"

蓝月儿后面的话，书勤更不知道怎么接了，只能用其他的话题岔了过去，好在小姑娘心直口快，说了也就说了，并不在乎书勤的反应，正好此时卞姑姑又为她单独做了玫瑰茶让她一并带回去，让蓝月儿兴奋不已，声称这玫瑰茶决不能让大哥瞧见，她一定要一个人全都喝掉。

蓝月儿走后，卞姑姑已经从莲心那里听说了书勤去静颐园的用意，忧心忡忡道："公主，你真的想去秦麓书院读书？"

书勤点头："赵士谦的大名我早有耳闻，秦麓书院也是，若是能得到他的教导，也是我的荣幸。"

"公主只是因为这个缘故？"卞姑姑欲言又止。

书勤一笑："姑姑难道不觉得这是个好机会吗？也许等我回来的时候，一切就迎刃而解了呢。"

"我知道……"从听到书勤的打算，卞姑姑就想到了，只是若如此一来，她怕是无法跟过去，就要同书勤分别很长一段时间了，她终归有些不放心，艰涩道，"时间若是能长些，咱们的准备也能更充足，只是，这次公主真要去秦麓书院的话，奴婢只怕就不能跟随了。况且……"

说到这里，卞姑姑皱了下眉："万一秦麓书院那边就是不同意女子入学呢？"

书勤沉吟了下："我原本只有三成把握，不过……刚刚听了蓝月儿的话，却有了七成。"

"蓝小姐说了什么？"刚才蓝月儿说话的时候，卞姑姑并没有在旁边，自然不知道她们聊了什么。

书勤摇摇头："看吧，兴许很快就有结果了。"

闵江头一天出了门，所以第二天才知道闵浞要被送到秦麓书院读书的消息，这让他大吃一惊，在闵浞一把鼻涕一把泪的控诉下，立即去找父亲，想要替他求情，却不想不过是一夜的工夫，岭南王竟然已经被王妃说通，同意了她的打算。不但如此，他还告诉闵江，不但闵浞要去，端和公主也要去秦麓书院，他已经亲自给赵士谦写了信，让他好好安排。

这个消息更让闵江吃惊："父王，您到底是怎么打算的？难道您不知道秦麓书院是不收女弟子的吗？"

"这是公主自己的意思，"岭南王低声道，"是她自己说要去秦麓书院求学的。"

"公主的意思？一个女子，去书院求学？"闵江轻嗤了一声，"她是嫌那书院太清净了吗？"

"总之，这是公主提出来的，咱们若是有能力，就要满足她的要求。"岭南王沉吟了下，"我听说，你刚找了人去调查端和公主在宫中的事情，可是发现了什么？"

闵江一愣，他不过是前日晚上才布置下去，没想到父亲这么快就知道了，暗叹姜还是老的辣之余，也不瞒他："的确是布置下去了，毕竟平安城离咱们万里之遥，有些传闻不可尽信，还是仔细打听一下的好。就算是调查刺杀公主的刺客，也该从宫中查起才是正途。"

"嗯，你这么仔细是应该的。"岭南王点头，然后他眸子渐深，"太宗皇帝可是承诺过咱们岭南王府，永远不必送质子前往平安，而三年之后，你若是随公主去平安请罪，只怕……所以，浞儿你就别操心了，还是担心下你自己吧！"

父亲这番话，又把闵江打算为弟弟求情的话堵了回去，但他想了想后，脸上突然露出一丝恍然，皱着眉道："父亲，你同意端和公主去秦麓书院，不会是因为这个原因吧？不行，太危险了，她若想去，她一个人去即可，浞儿决不能同她在一起。"

岭南王眼睛眯了下："是又如何？"

闵江脸色一变，道："浞儿万一有个什么三长两短……"

"浞儿是你的弟弟，更是我的儿子。"岭南王沉了脸，"也正因如此，我布置多少守卫都不奇怪，公主悄悄地去了秦麓书院，也正好一起保护，有什么不好的？"

"可刺客若是知道了，秦麓书院的守卫再多，又怎么及得上王府守卫森严？这不是等于让浞儿也跟着一起冒险？"闵江仍旧不同意。

听了闵江的话，岭南王冷笑："他们肯冒险，总比毫无动静要好，不然你要等到什么时候，真的等上三年然后去平安城做质子吗？还是……"

说到这里，岭南王的眼中闪过一丝厉色，闵江看了一愣，终究没有再继续求情下去。

西川王的下场父亲不止一次同他说起过，还说绝不会让他们岭南王府落得同他们一般，他相信，真要到了要紧时刻，父亲就算是破釜沉舟，也绝不会坐以待毙。

话说到这里，闵江知道越劝越糟，只能告辞离开，而他本来正烦着，一进流心斋的门，便看到剑生挤眉弄眼地迎了上来，然后悄悄地指着大厅的位置给他使眼色。

闵江愣了一下，马上会意，然后皱了皱眉，转头就往院外走。不过可惜，此时已经晚了，只听一个娇滴滴的声音从他身后响起："江哥哥，你可算回来了，我都等你好久了。"

既然已经被发现了，闵江干脆也不走了，他转头看着那个穿着一身红纱的女子，黑着脸道："你来做什么？"

在这里等了闵江很久的不是别人，正是王妃的侄女阿奴，她今日是来给闵江送点心的。

自从天养园的点心送入静颐园，甚至被姑母都夸赞了之后，阿奴的心中就颇为不平，后来也不知道从哪里打听到，上次公主送给闵江的糕点被他原封不动地给了蓝家，她便觉得自己的机会来了，亲自做了点心送来，心中暗暗同公主较上了劲儿。而且，她觉得自己有极大的胜算，因为她比公主更了解世子，知道他不喜欢吃甜腻的东西，故而做了十分清淡的小点，有九成把握符合闵江的口味。

在她看来，哪怕王府里所有人都说公主的点心好吃，可只要世子能夸赞她做的点心一句，她就赢了。

"江哥哥，我做了青瓜糕，是我自己亲手做的，刚刚才做好，特意送来给你尝尝。"阿奴几乎是连拉带拽地将闵江带回大厅，打开了食盒。

又是糕点？

想到那盒被蓝少陵带回去后赞不绝口的糕点，闵江的脸色变幻了数次，终究撇撇嘴："我最不爱吃这些了，你带回去吧。我还有事，要出去一趟。"

说完，他掉头就走。

阿奴在这里等了他好久，好容易盼到他回来，哪怕他只尝一口，她都会觉得不虚此行，哪里想到他竟然就这么离开，又怎么肯依？于是连忙拿了一块糕点跟了上去，边追边求道："江哥哥，我今天一大早就起来做这些了，我知道你不喜欢甜腻的东西，所以做得十分清淡，还在里面加了薄荷，你就尝一口，尝一口就好。"

　　只是，闵江的步子大，走得又快，阿奴又怎么追得上，不过须臾，闵江就已经跨出了客厅的门槛，往外院去了，而阿奴还在屋子里面，但她犹不死心，仍旧追了出去，可就在她跨出门槛的时候，却没留意从旁边突然闪出一个人，而她刚巧撞在他的身上，于是，她手中的青瓜糕立时落到地上，眨眼就碎了一地。

　　"啊！"

　　不过，虽然青瓜糕碎了，来人却仿佛被撞得很重，一下子向后退去，跟跟跄跄几步后，一下子坐到了地上，随即"哎哟哎哟"地大叫起来："我的腰哟，这下可糟了，我的腰怕是折了……折了呀！"

　　突如其来的变故，让闵江停住了脚，转头一看，脸上闪过一丝古怪，此时，虽然青瓜糕已经碎掉了，阿奴却顾不上理会，被这人的怪叫给吓住了，一时半刻竟没有反应过来，直到过了片刻，她才大喊道："我的青瓜糕，你撞坏了我的青瓜糕。蓝少陵，你赔，你给我赔！"

　　闵江也不知道蓝少陵怎么会从走廊里冲出来，还是出现在他的身后，但此时不是纠结这个的时候，却见蓝少陵在给他递了个眼色后，一脸痛苦地看着阿奴："蒙小姐，难道你的糕点比我的腰还重要？我若是下半辈子残了动不了了，你们蒙家必须负责，不但要给我治病，还要给我养老送终！哎哟哎哟！"

　　"你！你！"看着地上已经碎成渣的糕点，阿奴一时间竟然找不到话语反驳，只得跺了跺脚，像往常一样哀怨地看了闵江一眼，悲悲戚戚地离开了。

　　见她总算走了，闵江才上前将蓝少陵一把从地上拽起来，看着他一脸古怪道："你什么时候来的？"

　　阿奴走了，蓝少陵也不装了，拍了拍身上的尘土，对闵江笑呵呵道："早就来了，我是来向你辞行的。"

　　"辞行？"闵江一愣，第一个想到的就是他要跟着家里的船出海，"你娘亲同意你上船了？"

　　几年前，蓝少陵刚满十六岁的时候，他就想跟着父兄出海，去外面长长见识，可蓝夫人就是不同意，声言成家立业成家在先，蓝少陵若是不给她娶个媳妇再生几个孙子，就别想踏上商船一步。偏偏他爹虽然在外面叱咤风云，在家里却是个对夫人言听计从的惧内男，二话没说就把化装成杂役的蓝少陵拎下了船，更让他同他娘亲杠到了现在，从此成就了南临城的一代纨绔。

如今，蓝夫人终于同意他上船出海了？实在是让闵江难以置信！

哪想到蓝少陵撇撇嘴："怎么可能？我娘亲那脾气你还不知道，说话就像板上钉钉，我若真不给她娶个母夜叉回来，她必定是不会松口的。我是要去读书，读书知道吗？读圣贤书！这次连我爹都支持我，让我好好在书院学学问。"

"读书？"闵江像是想到了什么，"不会也是秦麓书院吧？"

"没错，正是你家闵浸要去的那家书院，所以，你就放心吧，有我在，咱弟弟一定受不了委屈。"蓝少陵拍着闵江的肩膀信誓旦旦地说道。

昨日蓝月儿回家，第一件事就是把闵浸即将去秦麓书院这件事八卦给她大哥，蓝少陵听了灵机一动，立即去跟父亲说，自己也要去秦麓书院读书，还说了几车的大道理，竟然真的把他父亲说动了，还为他写了推荐信。

等他娘亲得到消息赶来时，蓝少陵甚至连行李都准备好了，还笑嘻嘻地向他娘亲提前道了别，他娘只好气势汹汹地找他爹算账去了。本来蓝少陵还担心他爹第二天一早会变卦，甚至还起了半夜动身的念头，可终究是等了一等，没想到到了第二天一早，他娘竟然也同意了，还絮絮叨叨地嘱咐了他一大堆。

后来他爹的一句话算是漏了底，说他走了，家里也算是消停了。想必是他爹也头痛他们娘儿俩这几日在家里折腾，才二话不说将他赶了出去，也省得家里整日鸡飞狗跳的，谁也安生不了。

闵浸一个人去书院读书，闵江已经很不放心了，再加上一个一身麻烦的端和公主，他更是反对，而如今，这个不着调的蓝少陵竟然也要去书院，此时此刻，他已经无法用言语来形容自己的心情了。

既然父亲的决定无法更改……

闵江犹豫了一下，对蓝少陵神秘一笑："少陵兄……"

"什么？你叫我什么？"

蓝少陵只觉得身上一激灵，虽然他的确比世子痴长几个月，可他已经记不起有多久没听到他这么称呼自己了，平时他对自己总是"喂"来"喂"去的，而以往每次他这么称呼自己，总是会有了不得的事情发生。

"少陵兄，能不能帮我一个小忙？"闵江眯了眯眼，笑着道。

阿奴离开流心斋便立即去了王妃的静颐园，待看到她的脸色，王妃便大致猜到发生了什么，很有些恨铁不成钢道："你又去他的院子了？"

阿奴苦着脸点点头："我给他做了青瓜糕。"

"他说不好吃？"王妃不禁又问。

"他……他根本就没吃。"阿奴"哇"地哭出了声，"而且，糕点还被……被蓝家那个大少爷撞翻了。"

说着，阿奴扑到王妃怀里："姑姑，您要为我做主啊，打从我进入王府，就认定了他，可如今……如今他都要娶亲了，可我……哪怕……哪怕我做个侧妃也成啊，可他就是连正眼都不瞧我一眼……"

一把将她从怀中推开，王妃瞪圆了眼睛斥道："侧妃？这你也敢想？你就这么没骨气？我们蒙畲一族何曾像汉人一样三妻四妾，全是一夫一妻，你倒好，竟然连这种话都说出来了，实在是给族人丢脸！"

"可是姑姑，皇帝已经把公主嫁给他了，我不做侧妃，又如何能进得了王府大门？难不成……难不成要把那个公主……"

"闭嘴！"王妃怒道，"你的胆子真是越来越大了，这种话也说得出口，你趁早给我收起这份心思，公主是金枝玉叶，你以为是你能比的？难道你不知道，这一个多月，王爷把附近的山头翻了个遍，就是要找那些敢谋害公主的人？你要真那么做了，我反而会第一个把你送到王爷面前，然后同你父亲一起带着族人跪在王府门口请罪。"

"可是姑姑，我不明白……"听到王妃的话，阿奴一脸迷茫，"当初圣旨下来的时候，您让我死心，可后来又说我有希望了，我正是听了您的话，才重拾信心，可您现在又这么说……"

所以，阿奴是真的不明白，王妃说的"有希望"是什么意思。

看到她懵懂的样子，王妃也不再跟她解释什么，而是低声道："你着什么急，等浚儿同公主去了书院，还愁没有机会接近世子吗？不过，有一句话我一定要问清楚，你究竟是喜欢闵江这个人，还是喜欢世子妃的宝座？弄清楚了这点，姑姑才好帮你。"

阿奴一怔，实在是不明白这两者间有什么区别，世子不就是闵江，闵江不就是世子吗？不过，既然姑姑这么问了，她还是仔细想了想，然后肯定地答道："姑姑，您可还记得我刚进府时，不小心掉进池塘那件事吗？"

"那是自然，那次虽然你很快被救了上来，却生了一场大病，我差点儿就让你爹娘来见你最后一面了。"

阿奴咬咬唇："您可知道救我的是谁？正是世子。不过那时候他还没有被册封，还只是大公子而已，可我从那时候，就已经认定他了。"

听到她这么说，王妃的脸上露出了一丝笑容，然后点点头："你既这么说，姑姑也就放心了，不过你要切记，以后一定要听姑姑的话，姑姑必有办法让你得偿所愿。"

王妃后来又细细看过了圣旨，这才发现，不知为何，圣旨上只说让端和公主嫁与岭南王世子，并没有提闵江的名字。

所以，若是这世子之位出现了什么变化的话……

公主若是去书院，定然一年半载都回不来，更有可能读满三年，而这三年的时间，足够改变很多事情了……

书勤也没想到这次岭南王府会这么痛快，一下子就同意了她的请求，尽管吃惊，但还是将此作为一个好的开端，立即让卞姑姑收拾行装。

她的东西本来就不多，再加上她不过才来了一个多月，很多行李还没有打开，所以卞姑姑收拾起来也算迅速。而且据说秦麓书院提供一切吃穿用度，她甚至连银钱都不用带多少，更是让她欣喜不已。

唯一称得上可惜的是偌大一座藏书楼她是带不走的，只能亲自将整部《竹书记》以及后面的几部史书装满了整整一个大箱子，这才恋恋不舍地离开了藏书楼。

这次，卞姑姑肯定是跟不过去的，只有莲心化装成书童陪她进入秦麓书院，而她也摇身一变，变成了王妃的远房亲戚宋勤，闵浧的表哥。而她女子的身份，只有赵士谦和他的夫人知道，毕竟想要进书院，这件事情肯定是瞒不过他们的，甚至还需要他们提供便利。

据王妃所说，这次书勤会同闵浧同住一个独院，而不是像其他学子那样住进统一的宿舍中，睡在大通铺上，这大概也是岭南王府的小公子在书院里唯一的特权了。

出发前的那个晚上，卞姑姑又把书勤的行李再次整理查看了一遍，又对莲心耳提面命一番，可这犹觉不够，待莲心退下休息后，还是不肯离开，看着地上的箱子皱着眉道："殿下，我还是觉得带的东西太少了，我听说王妃给小公子装了好几车呢，而你只有这三四个箱子，万一到时候不够用怎么办？"

知道卞姑姑担心她，书勤放下手中的书本，走到她身边，拉着她的手道："姑姑，你就别担心了，在书院里连衣服都是统一发的，你觉得我还能缺什么！再说了，小公子毕竟才十三岁，又是头一次独自出远门，王妃担心他也是应该的。况且每个月我都会给你送信，若是缺什么在信里告诉你即可，到时候你让信使带回来，不过三日的工夫，我就收到了，你真的不用担心。"

　　"话虽如此，可我还是觉得……不如，我还是同你一起去吧。"卞姑姑仍旧是放心不下。

　　书勤干脆将她拉到一旁，同她一起坐下，对她低声道："姑姑，我知道你担心什么，不过你要知道，你在这里要做的事情更加重要，没有你的话，我就算能去书院，也不可能在那里躲一辈子吧？而且，你在这里千万要小心，绝对不能被人察觉了形迹。我走了也好，等于是把王府的注意力也一并吸引走了，你在家里更好行事，不容易被人发觉。"

　　书勤说的卞姑姑又怎会不明白？可临分别的时候，仍是放心不下。最后，她只能红着眼圈看着书勤道："我知道，我全都知道。你放心好了，你让我做的事情我都记得呢，你也要好好的，千万照顾好自己，知道吗？"

　　"姑姑放心吧。"书勤微微笑了笑，然后压低声音，"若是那位，您兴许还要担心，可我毕竟是我，这么多年，我若是不懂得照顾自己，又怎么能活到现在！"

　　从她九岁被罚没宫中为奴后，这么多年来，她何时不是一个人生活？即便后来遇到了卞姑姑，可在皇宫那种地方，有时自顾尚且不暇，又哪里顾得了别人，不靠自己又能靠谁？

　　想到书勤的身世，卞姑姑心中也是一番感慨，岔开话题，指着另外一个箱子道："这箱子里装的是你治眼睛的药，我前几日又去了一趟精诚医馆，好说歹说才让郎大夫给你配足三个月的药，郎大夫说，这药若是配得太多，药性就会大大缩减，不如不用，所以，每三个月我都会让人把药捎给你，你的眼睛一定不能大意，即便是在书院读书，也要牢牢记住我的话，否则即便咱们最后成功了，可你的眼睛坏了，这不是想让姑姑疼死吗？"

　　关于这一点，书勤也知道严重性了，自然不停地点头，而且由于这次卞姑姑跟不过去，终于松口将这件事情告诉了莲心，并教给了她按摩的手法，只盼着书勤这次出去眼疾不会再恶化。

　　幸亏莲心刚进王府不久，而且一来就待在天养园很少出去，在府中也没什么根

基,这才让卞姑姑放心不少。

这一夜,书勤终于没舍得让卞姑姑离开,两个人并排躺在床上聊了很久,到最后,直到卞姑姑的声音渐渐歇了,书勤才低低地说了一句话:"姑姑放心,咱们连遇到盗匪也死不了,这一次也一定会平安过关的!"

耳边传来卞姑姑平稳的呼吸声,却是已经睡着了……

第二日一早,天刚亮马车就备好了,书勤和闵浸的行李也全都装上了马车。尽管秦麓书院离南临城只有三日的路程,岭南王也叮嘱了一切从简,可王妃还是为闵浸准备了三四车的行李,而书勤的行李只有一辆车,甚至尚未装满,还能再坐几个侍从。

用过早膳,书勤和闵浸就出门上车,他们两人分乘两辆,闵浸的车在前,书勤的车在后,闵浸身边跟着的是书童戟月,同他年龄相仿,也才刚满十三岁。

出门的时候,两个人终于照了面,只是书勤正欲向他打招呼,他却头一仰脖子一歪,就这么趾高气扬地去了,显然还对书勤不为他求情的事耿耿于怀。

书勤自然不会为这点儿小事同他计较,笑笑也就过去了,尾随他出了门,上了第二辆车。王妃同岭南王送到了门口,岭南王只是简单叮嘱了几句,王妃则絮絮叨叨地说了好久,直到最后岭南王不耐烦了,王妃才恋恋不舍地松开了闵浸的手,转而走到书勤的车前,眼圈红红道:"殿下,出门在外,你同浸儿又住在一起,他还小不懂事,你一定要帮我好好照顾他。"

不管王妃如何打算,可牵挂儿子的心不会错,于是书勤点点头:"王妃放心,小公子就像我弟弟一样,我一定会好好照顾他的。"

王妃先是一怔,然后笑了笑:"那就好,总之,有公主这句话,我就放心了,在山上你们一定要好好相处。在那山上,只怕再也没有比你们更亲近的人了呀……"

以为王妃只是担心儿子出远门疏于照顾,书勤立即点了点头,而这个时候,却见岭南王来到王妃身边道:"时辰已到,再不出发,只怕天黑前就赶不到驿站了。"

听他这么说,王妃才恋恋不舍地离开了马车,而后只听一旁负责护卫的侍卫长刘准高喝了一声,整个车队动了起来,向城外浩浩荡荡地驶去。

只是,刚出了城门,闵家二公子便立即发挥让人头痛的本性,竟让车夫将马车赶得飞快,很快就把剩下的几辆车落在后面,急得刘准派了一大堆护卫追了上去,希望闵浸的马车能够慢一些,等等后面的车辆。

不过可惜,很快他就无功而返,脸色也难看得紧,显然小公子根本就不听他的劝诚，仍旧我行我素。不得已之下，他只得分了一半的护卫紧紧跟着闵浚的马车，生怕他在前面胡闯乱撞出什么事。

不仅如此，为了能保持联系，他还不断命令侍卫们快速行进，在闵浚的马车和后面的车队之间传递消息，以便随时策应。

只是，虽然闵浚心里不痛快将整个车队的人折腾得不轻，但他毕竟年纪尚幼，又太过任性，这就注定了他终究还是要吃些苦头。

整个车队的行程都是提前安排好的，包括在哪里住宿在哪里吃饭都已经提前打了招呼，再加上通往秦麓书院的路基本上是在山中徘徊，即便有驿路，能休息吃饭的地方也是少之又少。

因为怕追不上闵浚的车，车队中午的时候并没有停下来吃饭，只是从驿站中打包了些饭食让书勤他们在车上食用，其他侍卫也是轮流坐在车上吃了些东西，但毕竟也算是水足饭饱，没有饿肚子。

而这位一马当先的小公子，等感到肚子饿的时候，早就落了后面的车队老远，不得已之下只能在前方等待，竟然枯等了半个时辰才等到后面的车队，以及随车队一同打包来的饭食，而这会儿，他早已饿得前心贴后背了。

"你们怎么这么慢，难道想饿死渴死本公子？"看到他们终于赶到了，闵浚立即没好气地钻出车厢，对刘准气呼呼地说道。

刘准此时纵然有一肚子的火气，也无法发在闵浚身上，只得强吞一口气，毕恭毕敬道："二公子的马千里挑一，远非我等马匹可比，令公子久等了。"

闵浚翻了个白眼，然后揉了揉肚子，撇嘴道："可有饭食，本公子饿了。"

刘准急忙让人奉上饭食，闵浚一见，眼睛立即亮了，接过饭食准备就餐，却不想只吃了一口他便"噗"的一声将饭菜吐了出来，然后抹着嘴瞪圆了眼直视刘准，怒道："好你个刘准，你竟敢让本公子吃馊饭。"

"馊了？怎么可能，这是刚刚从驿站……"

尝了口饭菜，刘准也皱了皱眉，抬头看看空中毒辣辣的太阳，苦笑一下："殿下，您跑得太快，我们拿了饭菜，足足过了一个多时辰才赶上您，此时正午烈日炎炎，所以……"

闵浚从小没出过岭南王府，一应用度也是衣来伸手饭来张口，何时经历过这种事情？即便想发作，也不知道从何发起，只得恨恨道："那前面的驿站总有吃的吧？"

刘准继续苦笑："殿下，如今咱们已经进了山，只有驿站可以提供食宿，王府已经提前几天打好招呼，各个驿站都会为公子准备新鲜可口的饭食，不过下一个驿站要到傍晚才能到达，所以……"

言外之意，要想吃饭的话，只能等到傍晚才行了。

正在这时，却见莲心从后面走了上来，递过来一个食盒给立在车旁的戟月，笑道："这是我们早上从府里带出来的点心，我们车上一直放着冰块，虽然时间有些久了，但是比热饭热菜要新鲜些，还有些酸梅汤，也一直用冰块镇着，先给小公子抵挡一下饥渴吧。"

戟月见了大喜，连忙道了谢，刘准心下也松了一口气。可看到大家的表情，闵浚的脸色却更难看了，对戟月说道："我才不饿，离傍晚就剩两个时辰了，我的马车一个时辰就能到。"

说着，对戟月说道："还不上车？"

戟月脸色一垮，只得将食盒重新送回到莲心的手中，恋恋不舍地上了车，而他刚坐到车上，马车便在闵浚的催促下重新启动了，立即扬起了一溜尘土，刘准只能让侍卫们重新跟上，紧紧尾随着闵浚的马车疾驰而去。

带着食盒回了马车，莲心一脸的不乐意，撇嘴道："殿下实在是枉做好人，小公子不领情呢。"

撩开车帘，看着绝尘而去的闵浚，书勤微微一笑："放心，兴许一会儿就会有人亲自来求呢。"

"亲自来求？谁？"莲心闻言一愣。

又短暂休息片刻后，车队继续上路，速度也同之前没什么变化，只是，大概行了一刻钟后，他们竟然又看到了闵浚的车，看起来竟像是在等他们。

这让莲心大奇："小公子竟然在等咱们，我还以为他快到驿站了呢。"

这一次，虽然闵浚既没下车也没露头，但两拨人马终于重新会合，刘准也大大松了口气，指挥着车队继续前行，当然了，闵浚的车仍旧一马当先地驶在前面。不过，走着走着，莲心就发觉出不对劲儿，撩开窗帘看了看窗外，奇怪道："殿下，车队的速度好像变慢了。"

"嗯。"

书勤此时正在看书，所以不过是应了一声，并不太在意，却不承想，没过一会儿车队竟然慢慢停了下来，然后车外传来脚步声，戟月的声音在车厢外响了起来：

"公主殿下。"

"何事?"放下书本,书勤低声问道。

外面的戟月犹豫了一下,终究还是说道:"我家公子想同您换车。"

换车?

书勤的眼睛微微眯了下,不紧不慢道:"不行。"

窗外的戟月一下子哑了,而这个时候,却听书勤吩咐道:"莲心,我看今日傍晚前是到不了驿站了,咱们先吃些点心垫补下吧。"

莲心一下子回过味来,笑嘻嘻地打开一旁的食盒,同时说道:"好在卞姑姑临行前给咱们带了些酥饼和酸梅汤,如今正是品尝的好时候呢,还是卞姑姑有心。"

书勤也笑了笑,然后看了看车窗,给了莲心一个眼色,莲心会意,撇撇嘴,从窗户递出去一小罐酸梅汤和两个酥饼给戟月,然后没好气道:"殿下觉得你跑来跑去太辛苦了,赏你的,这累了一天了,你也垫补下吧。"

窗外的戟月不禁怔愣住,但最终还是向莲心道了谢,捧着酥饼和酸梅汤回到前面的马车。

等他走了,莲心才好奇地问道:"殿下,这到底是怎么回事呀,怎么小公子的车不走了?难道他不饿了吗?"

"你当他为什么要同我换车?"书勤暗暗翻了个白眼,"还不是他的马跑不动了。"

"跑不动了?"莲心一愣,"小公子的马,可算得上咱们府里数一数二的马匹了,怎么咱们的马还没事,他的马却跑不动了?"

"再好的马也经不住他这么折腾。"书勤喝了口卞姑姑熬制的酸梅汤,吁了一口气,"越是跑远路的马匹就越要注意速度均衡,再加上天气炎热,更要注意让马儿休息。本来咱们中午吃饭休憩时就是马儿进食饮水做缓冲的时候,可偏偏小公子连停都没停,马儿又怎么受得了!你别忘了,虽然中午咱们拿了饭菜就走了,可驿站的马倌们也是帮咱们喂了草料饮了马的,否则哪有力气跑上一天。"

听书勤这么说,莲心总算恍然大悟,然后眼珠一转,笑嘻嘻道:"我明白了,小公子的马累了,才会越跑越慢,而如今,车队突然不动了,他还想同殿下换车,难不成是马儿彻底跑不动了?也是,整个车队,除了小公子的马就是殿下的马脚力好了,幸好殿下没换给他,不然咱们的马只怕也要累瘫了。"

书勤撇嘴:"就剩一个时辰的路程了,瘫倒是瘫不了,可我为什么要同他换,难

道就因为他比我小吗？第一，他今天可把咱们折腾得不轻，刘准他们只怕更是焦头烂额，我就算是为了大家的安全，也不能同他换，不然的话，明日他肯定变本加厉。这第二嘛，本宫就是不乐意，也该让他尝尝苦头了。我跟你说，一会儿若是戟月来讨吃的，你可别给他，就说没有了，除非那小子自己来讨，知道了吗？"

听书勤唤闵浚为"那小子"，莲心差点儿笑出声："可小公子若是执意不肯来讨呢？"

"那就饿着呗。"书勤漫不经心道，"以后咱们要同他住在一个院子，如今不让他吃些苦头，他怕是还以为本宫好欺负呢。"

果然，没一会儿工夫，戟月便又来了，在窗外吞吞吐吐半天，言下之意是自己两个酥饼没吃饱，问公主这里还有没有剩下的，再给他些。

书勤当然立即拒绝，不但如此，还语气诚恳地告诉他，说是怕小公子一会儿会饿，要给他留些，若是小公子需要，她立即给他。

只是她话音刚落，还不等戟月回话，却听外面传来闵浚的声音，竟是在气哼哼地斥责戟月："难道本公子养不起你吗？还要去别人那里讨吃的。"

说完，书勤便听到他重重的脚步声，竟然是又回到前面的车里了，而戟月只是尴尬地说了声"对不起"，也急匆匆地跟着闵浚回了车里，再也没见他出来过。

后来，刘准还是找了匹备用的马儿给闵浚的车换上，车队这才能继续前行，速度却大大不如之前。所以，等他们到达驿站时，天色早已黑透，驿站的驿丞也早就等候多时，差点儿就让人迎头去接了。

书勤这一路上随时有点心、酸梅汤食用，所以一点儿都不饿，倒是闵浚一进门就嚷嚷着让驿站赶快做饭，显然他是饿极了。

驿丞早有准备，立即让厨子将饭菜端上了桌，甚至还现烤了一只新抓的野羊羔给岭南王府的二公子加菜。这道菜又滑又嫩，吃得闵浚不亦乐乎，连忙问驿丞是怎么做的，驿丞自然是知无不言。

闵浚这才知道，驿站后面的山沟里，有很多野羊，这羊就是他们特意抓的。而且说起这抓捕野羊羔的门道，驿丞更是讲解得头头是道。说是这些野羊羔平日除了可以吃肉，羊皮还可以用来制毯，羊毛还可以用来纺线织衣。而且，因为羔羊还小，驯养起来也方便，当地的部族还将它们整对抓来家养，让它们从野羊变成家羊。

所以，一般情况下，这种野羊羔都是尽量活捉，甚至连猎人惯用的兽夹和陷阱都不能轻易使用，因为这样很容易让羔羊受伤，进而损伤毛皮，影响肉质，因此，捕捉这种羔羊,只能用猎网。

闵浸越听越觉得有趣,当即就让驿丞带他去看布下的猎网,只是天色已晚,驿丞就算带他去了也照样什么都看不到,只得一脸为难道:"二公子,现在天色已晚,那猎网离驿站还有很长一段路,您要是去了那里,回来只怕都要子夜了,更何况晚上又能看到什么,有可能还会碰到野兽,不如明天一早天亮之后,小的再带您去瞧瞧。"

"明早不行。"只是还不等闵浸应允,便听刘准毕恭毕敬道,"明日一早车队就要继续上路,王爷已经安排好了,若是有了变动,王府那边会担心的。"

刘准的话让闵浸的脸色一下子垮了下来,随后只听他重重地哼了一声,大力跺着脚,回楼上自己的房间了。

虽然惹了二公子不高兴,可刘准毕竟做了自己该做的事情,神态倒也平静,而那个驿丞见状,只得"嘿嘿"干笑两声,佯作打了自己的脸几下:"都怪小的,是小的多嘴了。"

刘准倒也没有出言责怪他,只是绷着脸道:"车队明早辰时准时出发,你早些备饭,马匹什么的也要照料好了。"

"是,是,小的知道了。"驿丞点头哈腰地应着,这才退了下去。

第十章

欲救人山间涉险

驿站里统共只有四间上房，书勤和闵浚住进了并排的两间，进了屋子之后，书勤才发现自己的书落在了车里，急忙差遣莲心去取。不过，莲心刚走了没一会儿，她就听到旁边的房门响了，似乎有人穿过走廊下了楼。

初时，她还以为是戟月，所以没有太在意，可过了一会儿，她突然意识到不对，她们上楼的时候戟月就在楼下待着，怎么可能悄无声息地经过她的房门口回房？

她正要去旁边的房间查看，莲心却回来了，于是书勤急忙问她上楼的时候有没有遇到什么人，是不是遇到了戟月。

莲心一愣："殿下怎么知道奴婢遇到了戟月？"

"你真见到他下楼去了？"书勤不相信。

"我倒没见他下楼，因为他根本就在后院，我去车里拿东西的时候，发现他正缠着驿丞问东问西的，似乎仍旧对那野羊羔很感兴趣，至于上楼的时候，我倒是在楼梯口看到一个身影闪了闪，但是没看清是谁。"

"糟了！"书勤低呼一声，立即出了屋门，向旁边闵浚的屋子快步走去，却见里面早已黑了灯，书勤推了推门，门是从里面闩着的，似乎对方已经就寝了。

这让莲心怔了一下："怎么小公子不等戟月上来就睡了？他这是把戟月关在门外了吗？"

"那可未必。"书勤看了旁边的窗子一眼，转头往楼下走，边走边吩咐道，"你快去找刘准来，让他进去看看有没有人，我去后院。"

到了后院，书勤并没有看到驿丞的身影，想必是已经回房了，但她看到两个身高相仿的影子提着灯笼从后门闪了出去，便急忙追了上去。

只是刚出门，门外突然闪出一个人来，挡住了她的去路，却是戟月。看到是他，书勤还能猜不到另一个人是谁？所以她还不等他开口便叱道："戟月，是你家公子让你拦我的？你以为这里还是王府，可以任由你家公子胡闹吗？"

被书勤挑明了打算，戟月脸色一白，唯唯诺诺道："殿下，我家公子……只是想去看看那猎网里有没有野羊羔，山上的路很好找，他说看了就回来。"

"糊涂！"书勤怒道，"你以为这山上是南临的大街上吗？他往哪条路去了？"

被书勤骂了几句，戟月这才醒过神来，连忙指了指左边的路，苦着脸道："驿丞说，出了后门，从这里走十几丈拐个弯，有条上山的小路，沿着小路一直往前走就是了。我对他说，想明天起个大早上山，他才告诉我的……"

书勤哪里有空听他说别的，立即夺过他手中的灯笼，按他指的方向追了过去，想

尽快将那小子抓回来。此时的情况毕竟同白天不同,她可不能放任不管,白天的情形最严重也不过是让他饿饿肚子、吃吃苦头罢了,而这会儿,若是让他就这么跑了,万一出事,那可就是大事,决不能由着他任性。

见书勤追上去,戟月也要跟着她一起,却听她头也不回地说道:"你立即去给刘准报信,让他们马上跟过来。"

说着,书勤身形一闪,便消失在小路的拐角处。

戟月也意识到事情的严重性,立即转身回返,想要按照书勤说的去报信,可刚进后门跑了没几步,就撞到一个人的身上,竟然差点儿将他的小身板撞飞出去,还是那人使劲儿扶住他的肩膀稳住他,才让他不至于摔倒。

等戟月站稳,看清楚扶住他的人后,实在是又惊又喜又怕,他刚要开口,那人已经快速问道:"浧儿呢,他跑哪里去了……"

刚一拐到山路上,书勤就知道自己托大了,即便她现在手中拿着灯笼,可山林幽深,即便是白天光线也昏暗无比,更何况是夜晚,再加上她的眼力不佳,不过是向上走了几步,便险些被路上的碎石树藤绊倒。

这让她不敢再轻易前行,只是看着前面不停晃动的灯笼着急地大喊:"浧公子,你快回来,夜里山上太危险了,你快点儿回来呀。"

只是,作为对她呼唤的回应,却是那盏灯笼晃动得越发厉害,闵浧的速度也越来越快,显然,这位岭南王府的二公子是铁了心要同书勤较劲到底了,她越喊,他跑得越快。

书勤急得直跺脚,只得勉强又向前追了几步,可山路着实难走,她又是穿着薄底的便鞋,路上的小石子硌得她脚底生疼生疼的。

书勤暗暗皱眉,知道在这种情况下,自己怕是追不上闵浧了。可就在她一闪神的工夫,却见闵浧手中拿着的灯笼突然就灭了,远远地她似乎还听到他发出的一声惊呼。

这声音绝不像是在正常情况下发出来的,于是书勤再也顾不得自己脚上的疼痛,跌跌撞撞地追了上去,结果在大概追了二十多丈后,她终于看到了小路中心,已经摔在地上熄灭的灯笼。

只是灯笼犹在,闵浧却不知道去了哪里。

书勤大惊,连忙焦急地呼唤道:"二公子,二公子?你在哪里,你还在这里吗?"

她早就听人说过，有些野兽故意藏在路旁，就等着夜归的路人经过，然后将人拖下路面，作为自己的美餐，闵浚就这么不见了，不会是被野兽拖走了吧？

正想着，她突然听到旁边的草丛下面传来一阵窸窸窣窣的动静，以为是野兽，书勤被吓得立即向后退了好几步，在惊魂未定之时，一阵微弱的声音从草丛下面传了出来："我……我在这里，拉我……拉我一把……"

闵浚！

书勤立即听出了他的声音，自然也不怕了，马上提着灯笼重新上前，唤道："浚公子，是你吗……"

只是，她的话音未落，便觉得脚下一滑，顺着路面跌入草丛中，紧接着是一阵头晕目眩，然后实实在在地砸到一堆软绵绵的东西身上。

那"东西"发出一声闷哼，然而书勤拎着的灯笼也在她摔下来的过程中灭掉了，四周漆黑，让她根本就看不清压住的到底是什么。但总之，将她吓得不轻。

不过，只经过了几息的工夫后，被她压住的那"东西"便回过劲儿来，却是发出了人言，他愤怒地大喊："你想压死我吗？"

闵浚！

这个公鸭嗓绝对是他，不会有错！

书勤连忙从他身上爬起，挪到了旁边。而这个时候却听他又"哎哟哎哟"大叫着说道："你怎么回事？我……我都已经掉下来了，你……你就不能小心些吗？这下好了，你也掉下来了，咱们谁都上不去了。"

此人的确是闵浚，刚刚他只顾着甩掉书勤，脚步稍微歪了歪，便从路旁的一个豁口掉了下来，等到书勤赶来，他本来以为她能够救自己上去，最不济也能帮他叫人来帮忙，却不想，她竟然也掉下来了，实在是让他始料不及，愈加觉得自己今日衰到了极致。

他有气，书勤心中更有气，不由得讽道："我的闵二公子，若不是你半夜跑出来，我现在早就躺在床上休息了，这一整天了，你就不能消停点儿吗？"

"活该，谁让你追我的，你不追出来，我早就看到活生生的野羊羔了，都是你多事……"

闵浚话音刚落，突然听到一阵奇怪的叫声从旁边黑漆漆的林子里传出来，这让他的声音戛然而止，盯着声音传来的方向，缩了缩脖子："那是什么东西在叫？是羊叫吗？"

嗷——嗷嗷——

随着又一阵叫声从林子里传出，书勤的脸色也不禁变了，沉着脸道："羊？你以为这山里只有羊吗？你以为这山里的羊只是为了被人抓来烤着吃的吗？"

"那是……那是什么……东西……"

闵浈的脑中立即浮现出一个字，但只是想想脸色就变了，又怎么敢往更深处想下去？不过他不敢想，书勤却不想让他自欺欺人，低声道："你应该知道是什么东西，难道这么多年，给你上课的夫子没同你讲过羊的天敌是什么吗？"

说着，书勤的手立即在周围摸索起来，竟然真给她摸索到了一根木棍样的东西，她急忙想将它拿起来，可试了试竟然纹丝不动。书勤大急，也不知道从哪里来的力气，又是一使劲儿，只听到"咔吧"一声，这根"木棍"似乎从什么东西上硬扯了下来，终于被她拿在手中挡在了身前。

此时她的掌心刺痛，应该是被上面的木刺扎到了，可即便如此，有这东西在手，她的底气还足些。

然后她扶着后面的山壁站起，眼睛紧盯着前面声音传来的方向，低低地说道："一会儿你踩着我的肩膀先爬到路面上去找人，我已经让莲心和戟月去通知刘准他们了，想必很快就能到，我先在这里抵挡一阵，知道了吗？"

闵浈一愣，不知怎的，突然有一种被人瞧不起的感觉油然而生，怒道："为什么是我爬上去而不是你？咱俩个子差不多，你比我轻，又是女人，要逃也是你先逃……"

哪知他话还没说完，便听书勤大声呵斥道："都什么时候了，你还任性，让你先上去你就上去，我自有我的道理，就算真让你留下来，你知道怎么对付那东西吗？真是个自以为是的笨蛋！"

书勤的话说得闵浈脸上火辣辣的，可偏偏又反驳不得，因为他的确不知道该如何应付，而这个时候，书勤已经将两只手摆了起来，对他说道："还不快点儿？再晚点的话，等你叫来人，我也被这畜生拖走了！"

闵浈也知道耽搁不得，只得听了书勤的话，踩着她的手爬上她的肩膀，然后爬上了离他快两人高的路面，低喝道："我回来之前你可千万别被它吃了。"

说完，他拔腿就往来路跑去。

等他上去后，书勤立即又将木棍横在了自己的身前，一双眼睛一眨不眨地盯着骏黑的林子,而此时,几点绿油油的光已经进入了她的视线,那一闪一闪的样子,即便她有严重的眼疾,也难以忽略,心中更是害怕,倒不如看不到。

　　别看她刚才说得干脆利落,可对付这种畜生,她那点儿从书上看到的经验不过是纸上谈兵而已。想让闵浈这个爱闹别扭的孩子离开,她总得有说服他的理由和气势才行。

　　再说了,就算她爬了上去,她不但眼睛看不清路,速度也没有闵浈快,相比之下,让他去求救,显然更为有效。

　　而且,算算时间和路程长短,他们所在的地方应该离驿站很近,戟月若是立即去通知刘准的话,搞不好半路上就能遇到他们,她获救的希望还是很大的。

　　只是理智归理智,看着离她越来越近的那几点幽光,书勤的心控制不住地"怦怦"直跳,害怕到了极点,眼下就算她手中有"武器",可也只有一个人,而对面星星点点,至少有三对绿色的眼睛,它们若是一起扑过来,她只怕一个都抵挡不了。

　　不想则已,一细想起来,书勤的手心立即变得湿漉漉的,山风一吹,她的后背也冷飕飕的,让她忍不住想要发抖。

　　黑暗中对峙少顷,就在书勤双腿发软,快要坚持不下去时,她的头顶上突然亮了起来,似乎有很多人举着火把、灯笼围过来了,随即闵浈的声音焦急地响起:"喂,你还在吧?还没死吧?"

　　此刻,听到他的声音,书勤的眼泪都快掉下来了,因为他比她预计的还要更早回来,当即回道:"我还在。"

　　头顶的闵浈似乎松了一口气,又听他对旁边的人道:"快……快把绳子放下去,快点儿!"

　　"是!"

　　旁边传来侍卫的声音,紧接着书勤就听到一阵窸窸窣窣的轻响,仿佛有什么东西顺了下来。

　　书勤知道他们放下的一定是拉她上去的绳子,只是天黑林暗,绳子又是沿着山壁送下来的,所以埋在山壁上茂密的草丛里,凭书勤的眼力根本就看不到。

　　书勤在刚刚声音传来的位置胡乱抓了一把,结果手中果然落空,而这个时候,上面的闵浈已经很不耐烦了,大声喊道:"抓到绳子了吗?快点儿,它们过来了。"

　　书勤苦笑,只得道:"你们动一下绳子,天太暗,我……我看不到……"

　　上面的闵浈沉默了一下,只听另一个声音突然响起:"快晃动下绳子。"

这个声音……

书勤一愣……这个声音她以前绝对听到过，好像……好像就是……

就在这时，又听到一阵窸窸窣窣的响声，绳子果然晃动起来，连带着草丛也晃动起来，书勤一把抓向草叶晃动最厉害的地方，果然抓住了绳子，然后她将绳子在自己的腰上缠了几圈，这才使劲儿向下抻了抻，大声道："好了，可以拉我上去了！"

随着她话音落下，绳子开始缓缓向上移动，她紧紧抓住绳子，踩着山壁慢慢上移，很顺利地回到了路面上。

刚刚站到路边，便有一只手伸过来将她使劲儿一拉，拽到小路的中间，书勤正要道谢，却看到一张熟悉的脸被火把、灯笼照得异常清楚，愣了一下后，欣喜道："江兄，你怎么在这儿？"

闵江眯了下眼，松开书勤的手，"嗯"了一声，说道："你的手受伤了。"

说着，他递给书勤一条手帕，转身走到一旁站着的蓝少陵身边，而蓝少陵的眼珠转了几下后，笑嘻嘻道："原来你们认识呀，江兄，浸儿，敢问这位是……"

他重重地说着"江兄"这两个字，却对闵江挤眉弄眼起来，可闵江根本就不搭理他，还不等闵浸开口，微微一笑道："这位是宋勤宋贤弟，是二公子的表兄，此次是专门陪着闵二公子去书院读书的。"

闵浸本觉得无须向蓝少陵隐瞒，可听到大哥这么说，自然是站在大哥这边，于是也眼神闪烁地点点头："嗯，没错，她……她是我表兄，是专门陪我去秦麓书院读书的。"

虽然心中怀疑，但这兄弟两个既然都这么说，蓝少陵只好暂时信了，对书勤笑嘻嘻地拱了拱手："原来是宋表兄，在下蓝少陵，也要去秦麓书院，这下好了，路上有伴了，以后在书院，咱们也要相互照顾。"

蓝少陵？

书勤一愣，脱口而出道："可是蓝府的大少爷，蓝月儿小姐的大哥？"

"正是！"蓝少陵点点头，不由得好奇道，"宋表兄认识舍妹？"

书勤脸色一滞，知道自己此番说漏了嘴，正不知道该如何接话，却见远处又有一阵灯光亮起，是刘准带着侍卫和驿丞刚刚赶到。

到了众人近前，刘准看到闵江和蓝少陵也不禁一愣，却见闵江对他悄悄摇了摇头，他即将脱口的称呼立即又咽了回去，而后闵江才看着闵浸道："这是你们岭南王府的人吧？正好，既然他们来接你们了，我们也该回去了。"

说着，他拉了拉蓝少陵，给他递了个眼色，蓝少陵会意，顿时配合道："是呀是呀，这么晚了，该回去睡觉了，明天一早还要赶路呢。"

说完，他招呼着自己带来的侍卫，然后对刘准挤眉弄眼地抱了抱拳，同闵江一起离开，回驿站去了。

他们刚刚走了几步，却见刘准带的那些侍卫的后面又气喘吁吁跑来一个书童，这个"书童"闵江在偷偷去藏书楼的路上见过一次，正是天养园的丫头莲心。莲心跑得慢，远远落在刘准的后面，所以正好同闵江他们打了个照面。

闵江皱了皱眉，以为会被这丫头认出来，正想说些什么让她闭嘴，哪想到，莲心看到他同蓝少陵，只是怔愣了一下，便立即从他们身侧匆匆走过，直奔自己的主子而去，显然并没有认出闵江和蓝家大少爷。

这让闵江松了口气，而蓝少陵则笑了笑，斜了闵江一眼："今儿晚上可真热闹，回去之后，你可得给我好好说说，你同浸儿的表兄是怎么认识的。我怎么从不知道王妃还有姓宋的亲戚呢。"

"她的亲戚多了，连我都认不全，更何况是你。再说了，我同谁认识，在哪儿认识的，又何必一一告诉你？"

说完闵江哼了一声，甩开大步，立即向驿站走去，不一会儿就落下蓝少陵好长一段距离，惹得蓝少陵在他身后不忿地大叫："哎，你这人怎么过河拆桥呀？你别忘了你的推荐信可是我找我爹给你写的，我帮了你多大的忙呀，你就给我说说怎么了？我实在是好奇得很，这个宋勤，分明是个……唉，你慢点儿，慢点儿呀……"

听蓝少陵在身后直嚷嚷，闵江心中更气，让他怎么说？说这位端和公主同他见了三面，还没认出他是谁吗？他肯说，蓝少陵也得肯信呀，到时候又少不了一番刨根问底。

不过，今晚他的确看出来了，这个端和公主的眼睛好像真的有问题，不然的话，那么粗的绳子，上面又灯火通明，哪怕是在晚上，也不至于找不到，而且还关系到自己的性命。

只是猜测归猜测，他却不能肯定。他见她的那几次都是光天化日，再怎样也同这黑黢黢的山里不同，看来到底怎么回事，他得等到了书院再仔细观察了。

况且，他此次跟着去书院，同她是不是能认出他来没有半分关系，甚至可以说，她认不出自己来更好，他无法违拗父亲的意思，却可以做自己想做的事。

此番他故意早出来几天，只说自己出门散心去了，却让蓝少陵帮他找他爹要来秦麓书院的推荐信，就是为了让浔儿能平平安安地在书院读书，不受那个端和公主的连累。

这个公主一身麻烦，父亲竟然还放心让她同浔儿住在一个院子里，就算有大批侍卫守护，可书院的守卫毕竟比不过王府，就算浔儿不是他们的目标，可万一受了这个女人的牵连，岂不是后悔莫及？所以，他决不能让浔儿涉险！

因此，他这回去书院的目的只有一个，就是分开他们，让这个麻烦的公主离他的弟弟远远的。

看到大哥走了，闵浔也想跟着一起回去，可想到大哥刚刚对他使的眼色，他只得暂时忍了，而且，书勤对大哥的称呼令他颇为好奇，见书勤盯着大哥的背影发呆，不禁皱了皱眉："你刚刚叫他什么？江兄？"

书勤回过神来，冲他点点头："曾有一面之缘，这位江兄是个热心的好人，我之前还以为他同你们……"

说到这里，书勤顿了顿，转了话题道，"没想到他竟然认识蓝家大少爷，我记得王府不是同蓝家的关系很好吗？世子同蓝家大少爷应该是很好的朋友吧？"

书勤的话越发让闵浔觉得古怪了，更是感到这件事情不一般，决定暂时先不说透，问过大哥怎么回事再说。而这个时候，却见莲心冲了过来，人还未至，便焦急地喊道："公……公子，你没事吧，真是急死我了……啊，你的手，怎么伤了……"

本来已经缓和的气氛被莲心的惊呼又弄得紧张起来，书勤收回手，对她笑道："无妨，就是破了点儿皮，外面风大，咱们还是先回驿站吧。"

刘准听了也连忙道："没错，各位还是先回驿站吧，还是驿站更安全些。"

今晚的事情他同闵浔一样奇怪，但他没有胆量探究，现在他只期望以后别再出什么乱子才好，要知道，这可只是他们离开王府的第一天！外面的确不是说话的地方，而且虽然这边火把一起，那几双绿色的眼睛就消失不见了，却也不代表危险已经远去，回驿站才是最安全的做法。

回了房，莲心马上验看书勤的手，却见她的手心上扎了好几根木刺，再加上她从下面爬上来的时候紧紧抓住了绳子，很多木刺都已经深深刺入肉里，甚至还有绳子勒出的血痕。

莲心看着心疼不已，眼泪都快流下来了，边替书勤挑着木刺，边埋怨闵浔："小公子任性惯了，却让殿下跟着受罪，现在天气炎热，这要是毒气入血或落了疤可怎么好！"

书勤笑了下："这点儿小伤，哪那么容易毒气入血，我以前……"

发觉不对，书勤停了一下，才继续道："我以前还见别人受过更重的伤呢，也没见怎么样，现在人家还活得好好的，只要注意这几天伤口别沾水，别碰脏东西就行了，每天晚上睡觉就把伤口晾开见见风，有个五六日就好了。"

"只这样哪行，我出门的时候卞姑姑给我装了一堆药膏，一定有用得着的，等一会儿给您挑好刺，我就去找药。"

她正说着，却听房门一响，闵浸进来了，见他不请自入，莲心脸色更难看了，虽然他是主子，还是忍不住说道："二公子，进门前总要敲下门吧。"

闵浸瞪了她一眼，难得竟然没有回嘴，而是直接走到书勤面前，撇了撇嘴，拿出一个红色的圆盒，递给她，一脸别扭地说道："这是雪肤生肌膏，王府里最好的伤药，不比宫里的差，更适合岭南这边炎热的天气，你先用着吧，一盒总能治好你的手。"

看到他别别扭扭的样子，书勤笑道："没想到二公子对医理还知道不少，那我就谢了。"

闵浸又撇撇嘴，未置可否，然后便立即转身离开了，甚至临走前还少有地替书勤掩上屋门。

什么医理不医理的，他压根儿不懂，那是大哥把他偷偷拎到房间训斥一番后，背着蓝少陵教他这么说的，药也是大哥给他的。这个端和公主因为他而受伤，甚至先让他逃走，他再怎样也不能置之不理。本来他自己也带了伤药，可大哥竟然把雪肤生肌膏拿出来了，这可比他带的药膏好多了，他自然也就只能把大哥的送来。

大哥说不放心他，也要陪他去书院待一阵子，他自然是开心的，可大哥不让他对这个端和公主说出他的身份，更不让他对蓝少陵道明公主的身份，这他就看不懂了。

他不知道大哥葫芦里卖的什么药，更不知道这个端和公主都已经进了王府快两个月了，竟然还不知道大哥长什么样子，还叫他什么江兄。

这些使得他越发觉得这件事情有古怪，可他从未质疑过大哥的决定，只知道大哥这么做一定有他的用意，他只要听大哥的就好。

只是疑惑归疑惑，他心中却也隐隐期待这位端和公主突然发现大哥真实身份的那刻，也不知道会是怎样一番光景。

想到这里，他刚刚被大哥训斥的郁闷一扫而光，竟对未来将要上演的好戏期待起来……

第二日辰时，车队准时出发，而既然遇到了，两支队伍自然合成了一支，不过这次却是由蓝家的队伍打头，王府的车队殿后。

这一日，闵浸却比前日消停许多，除了吃饭，一整天都待在车里没出来，更不要说让自己的马车狂奔了。书勤只道是他得了前日的教训，终于不敢再闹腾了。可这车队中，除了她同莲心，所有人都知道，小公子之所以不再闹了，那是因为有岭南王世子这只大老虎坐镇，二公子这只小猴子便只有乖乖听话的份儿。

不过，今日闵浸安静了，整支车队中却又多了一个不消停的人，正是"好奇宝宝"蓝少陵。他不止一次地往返于车队前方和书勤的马车之间，有事儿没事儿地就想找书勤说话。

他先是讨糕点，然后又打听书勤是怎么同自己的小妹认识的，被书勤随便找了个理由搪塞过去。稍微混熟些，他便开始进入主题，问她同"江自流"是怎么认识的。

闵江不肯告诉他，他便只能从这位"宋表兄"身上下手了。在他看来，能让王妃信任，甚至能把自己儿子托付的人，一定不是一般的人。

而此人这么不一般，他蓝少陵又怎么可能没听说过？况且连自己的小妹都认识她，他却连面都没见过，这可实在是太伤他的自尊心了。

只是，他对书勤好奇，书勤对于这位蓝大少爷同江自流的关系，也正好奇着。她一直认为江自流同岭南王府有过节，而蓝府又同王府是世交，江自流接近蓝少陵一定有原因，所以，在没有套出蓝少陵的话之前，她一句靠谱的话都不肯同他说。

书勤坐车，蓝少陵却在外面骑马，两个人想要说话其实并不是太方便，因此只有在中午吃饭的时候，蓝少陵才有机会同书勤面对面地多讲了几句话。

可即便他绞尽脑汁打探，书勤也只告诉他，说她同江自流是在书斋买书的时候相识，当时自己丢了钱，是江自流帮她支付，如此而已。

从小到大，蓝少陵何时见闵江进过书斋的大门，所以对于书勤这番半真半假的话，他根本不信。再联想到闵江对自家那个公主未婚妻的冷淡，以及他刻意对这位"宋表兄"隐瞒身份，于是乎，两个人相识相遇的情形，早被他脑补了无数画面，穿插了无数戏文中的经典桥段，到了最后，连他自己也忍不住期待起所谓的真相来。

甚至于，他对闵江执意要进入书院的动机也怀疑起来，以前以为是他担心闵滠,而现在嘛……

蓝少陵不死心,正欲继续追问,却不想闵江走了过来,睨着他道:"二公子让你去见他。"

"二公子?让我去见他?"

重复着闵江的话,蓝少陵知道闵江这根本是在诳他,若是闵滠那小子想找他,自己早就跑来了,又怎么会等得及让自己去见他?而且,就算他说了,也要看他蓝大少爷愿不愿意去。

"二公子怎么会想见我?"蓝少陵笑嘻嘻道,"你告诉他,我有事,一会儿再去找他玩儿。"

闵江脸色一沉,再次重复道:"二公子……让你……去见他!"

这次,闵江加重了语气,眼睛也一下子眯了起来,蓝少陵一愣,知道自己是装不了糊涂了,这哪里是滠儿想要见他,根本是闵江借故让他赶快离开。而且,看他的样子,已然是很不悦了。

于是他缩了缩脖子,笑呵呵道:"那我就去看看,他找我做什么。"

说着,他便火速离开,往闵滠的马车去了。

此时,大家早已用完午膳,马匹也饲喂好,就等着出发,闵滠自然也早就上了车,到了闵滠车前,蓝少陵立即跳了上去,钻进马车,他笑嘻嘻地看着掀开一条车帘缝偷偷往外面瞧的闵滠:"你大哥说你找我?"

他本是一问,因为他有九成把握刚才的话是闵江故意诳他走的托词,只是没想到,他话音刚落,却见闵滠点了点头:"没错,我的确有事找你。"

这次换蓝少陵怔愣了:"什么事?"

这孩子找他办事什么时候这么正经、这么郑重其事过?还真让他有些不适应。

于是蓝少陵正襟危坐,一本正经地摆好了架势:"想让哥哥帮你什么,尽管说吧,哥哥一定帮你……"

看着蓝少陵钻进马车,闵江的嘴角不由自主地向上翘了翘,这才对书勤说道:"宋贤弟,已经歇得差不多了,咱们该出发了。"

说着,他便向自己的马匹走去。可看到他想就这么离开,书勤却将他叫住。

他转头,书勤一脸疑惑地看着他:"江兄,有一句话我不知道该问不该问?"

"既知不该问,那就不用问了。"说完,闵江又要继续往前走。

"江兄!"不得已,书勤只得高声叫住了他,快速问道,"你同蓝家大少爷到底认识多久了?"

关于他同蓝家的关系,同岭南王府的关系,她昨晚就想问了,却一直不知道该如何开口,更是找不到机会。而现在,听他这么说,怕是也知道她要问什么,索性不再犹豫,直接问出口,毕竟拐弯抹角不是她的风格。

"只是这些?"闵江一笑,"已经很久了。"

"那蓝家大少爷同岭南王世子呢?"书勤再问。

"也认识很久了吧!"闵江又笑了笑。

终于,短暂的停顿后,书勤问出最后一句话:"那江兄是不是同岭南王府有什么过节?"

"过节?"这倒让闵江愣了愣,"你何出此问?"

书勤也不瞒他,实话实说道:"那日在王府门口,听说我要去岭南王府的时候,江兄的表情很奇怪,所以我以为江兄同岭南王府只怕是有些不开心的过往。"

"原来你以为我表情奇怪是因为听你提到了'岭南王府'?"闵江再次笑了,用一种奇怪的眼光看向书勤,"我的确是有些不悦,但并不是针对岭南王府,更没有同王府有什么过节,宋贤弟完全想错了。相反,我同闵世子还很熟,甚至比蓝少陵还要熟!"

他不是说大话,这世上只怕没有人比他本人更了解他自己了。而如今对这个端和公主,闵江却越发地好奇,越发地想了解她了。

因为他突然发现,这个端和公主同传闻中的那位公主有很大的不同,也不知道等剑生赶到书院同他会合后,会不会带回些有趣的消息。

"你同岭南王世子也很熟?"书勤怔了怔,却觉得闵江的表情语气奇怪至极。

看她一脸茫然,闵江总算觉得心里舒服了些,感觉自己终于扳回一城,随后他转头,背对着她摆摆手:"至于那位蓝家大少爷,你不必管他,最起码到书院前他都不会烦你了!"

不会烦她了?这是什么意思?

这让书勤更糊涂了!

"你说什么?你再说一遍!"蓝少陵以为自己听错了。

闵浸绷了绷脸,轻咳一声,继续面无表情道:"我大哥说,剩下的山路越来越危险了,你骑术太差,我一个人在车里他又不放心,所以,让你陪我一起坐车。"

"陪你一起坐车?"蓝少陵立即明白过来,哭笑不得道,"这是你的意思还是你大哥的意思?不对,你大哥是故意的吧,让我陪你坐车?以为我是女人吗?"

这的确是闵江让闵浚说的,对这个安排,闵浚已经很不乐意了,而听到蓝少陵的话,他更不高兴了,怒道:"你什么意思,你是说我是女人吗?"

"不是不是,你当然不是女人,可你是小孩子呀!"蓝少陵摇着头就要下车,边往外走边说道,"骑马多舒服,在车里摇来晃去最难受了,我才不坐车。"

见他要走,闵浚撇了撇嘴:"反正我大哥说了,他已经把你的马带到最后面去了,你到书院之前再也别想见到它了。"

"我的闪电被他带到后面去了?"蓝少陵闻言一愣,"它肯跟他走,别逗了,那是我特意驯的,除了我的话,谁的话都不听,而且,谁靠近它,它就踢谁。"

"可它就是被我大哥带到后面去了,不信你看外面,是不是它已经不在你拴马的地方了?"

蓝少陵急忙掀开另一方的车帘,果然看到自己拴着闪电的地方空空如也,竟然真的被人牵走了。

他转头看向闵浚:"怎么可能?那可是我专门……"

"还有……"看到蓝少陵的样子,刚刚被他"羞辱"过的闵浚只觉得甚是快慰,他双手托腮,故意轻描淡写道,"我大哥还说,少陵哥哥若是非要骑马的话,为了少陵哥哥的安全,他只有将马放走了,所以,少陵哥哥呀,你可要考虑好了,可别怪我没提醒你呀!"

"他敢!"

蓝少陵低低地吼了一声,吓了闵浚一跳,还以为他真的要跳下马车牵回他的闪电去。

不过下一刻,却见蓝少陵"刺溜"一下钻回车里,狠狠撩了一下窗帘,使劲儿瞪了眼窗外,义愤填膺道:"以为本少爷是吓大的吗?不就是坐车吗?我连骑马都不怕,还怕坐车?哼!"

终于,车队再次沿着山路辘辘前行,很快就消失在午后斑驳的树影中,原本热闹了一阵子的驿站也渐渐安静下来。

驿站的后山上,几个人正目送着车队离开,这些人中,为首的是一名穿着青衣戴着竹笠的青年。

随着车队消失在视野中,他身后的一位老者低低地问道:"公子,您真的决定要

跟过去？"青衣公子回头对他挑了挑眉："段伯，可还记得我那句话？"

"公子请指教。"老者恭恭敬敬地回道。

"薪火者，近之则暖，触之则焚。我若是不亲自帮他们把这把火烧起来，又怎么能达到咱们的目的？"脸上带着莫测的笑，青衣公子不紧不慢地说道。

"可是公子，您真的确定，您这法子有用？我看那闵世子似是极为厌恶那位端和公主，您又怎么能肯定，岭南王府会因此同荣盛帝交恶？况且，您不是说，这位端和公主其实是……"

不等老者说完，青衣公子又笑："段伯放心，这一阵子我在旁边瞧着他们，已经打定了主意。想当初，我从强盗手里救下她的时候，尚未想好该如何用她，只觉得奇货可居。如今，她若是能派上用场，也不枉我救她一回。"

说着，他让旁边的手下帮他牵来一匹马，立即跳了上去，然后才对老者吩咐道："段伯，你们不必跟我太紧，我们在秦麓书院碰面即可。"

"公子自去，老夫马上带人跟上，随时听候公子差遣。"老者对他拱了拱手，恭敬道。

青衣男子向左右的岔路口看了看，最终选择了最窄的那条，随后一抖缰绳，骑着马儿沿着小路头也不回地离开了。

他早就让人打探好了，这条小路虽然危险一些，却可以比书勤他们早半日到达秦麓书院。

早这半天，他便能省却很多麻烦。比如那个只因为他杀了强盗灭口，便追他追了一整夜都不肯罢休的闵大世子，虽然最后他还是想办法摆脱了他，可在有所动作前，他还是越晚引起他的注意越好。

等他走后差不多一个时辰，老者这才招呼剩下的人上马，却是沿着书勤他们走的大路跟上去了。

马蹄声远去，惊起了一路灰尘，惊飞了树上休憩的鸟儿，可等烟尘落定，鸟儿回巢，这里就像是什么都没发生过一样。殊不知，树欲静而风不止，有些东西已经随着这路烟尘悄悄改变了……

——本季完——

篇外篇

竹影深处风云动

青衣，竹笠，斑驳云影。

院子中，段青云悄无声息地伫立竹前，直到身后竹扉打开，一位须发皆白的老者踏出房门，他才静静地转身，对老者一笑："段伯，好久不见。"

看到是他，老者愣了一下，随即微微一笑："二郎，你长大了，你同你父亲越来越像了。"

"像吗？"段青云抚了抚自己的脸颊，自嘲道，"我可不认为这是好事，反而麻烦。"

"进来吧！"

段伯说着，重新进入竹扉内，却并不进屋，而是走到一旁的竹榻上坐了下来。竹榻上有一张小桌，杯壶碟碗一应俱全，榻旁有一红泥小炉，炉上铁壶正"噗噗"地冒着热气，眼看就要沸滚起来。

拎起铁壶，段伯将早已铺摆好的茶具用滚水烫了一遍，一转头，看到段青云还站着，微微撇了撇嘴："怎么，还让老夫请你坐下吗？"

段青云又笑了笑，大步走到竹榻前，利落地坐下，看着老者行云流水般的泡茶动作，出了会儿神，直到段伯将一注满普洱的紫砂杯推到他面前，盯着热气氤氲的水面，他垂着眼帘道："我打扰了段伯的清净，怕是段伯不喜我吧？"

执杯凑近唇边，段伯并没有立即喝茶，而是扫了他一眼，哼了声："既知如此，你又为何现身？"

段青云不言，端起紫砂小杯，将杯中热茶一饮而尽，沉吟了一下道："我若说想你们了，段伯可信？"

段伯突然一笑，也将杯中之茶送入口中，热茶入喉，竟让他出了一身的薄汗，连带着眼眶都被这热气熨帖得发潮，随即他又为彼此各续了一杯，这才开口："不信！"

他说得如此直截了当，段青云不禁笑了，将杯中热茶再次饮尽："段伯就是段伯，这下我放心了，我来，的确是有事相求。"

他的话让段伯脸色一肃，布满皱纹的脸上也有那么一瞬间似乎散发出久违的光，他立即站起，对他拱了拱手，低声道："段某领命。"

再抬起头，段伯的脸上满是轻松，连带着他的眸子都不似一个老者，甚至比眼前的青年还要明亮。

看着容光焕发的段伯，段青云的脸上闪过一丝复杂的神色，自嘲一笑："段伯早

就等着这刻了吧，你同我父亲约定的三件事，这应该是最后一件了吧？"

段伯摇了摇头："那要看你让我做的是什么事，我能帮你到什么程度了。"

也许是最后一个约定，更可能是他生命中做的最后一件事。

段青云笑眯了眼："没错，我让段伯做的事情的确不容易，段伯可想好了，你若不帮我，我还可以找别人，你同我父亲的约定也继续有效。"

段伯重新坐下，喝尽杯中已经变温的茶，缓缓地摇了摇头："不必，这么多年了，也该有个了结了。每每老夫眺望辽阔的大海，扬帆远航的商船，老夫的心中便频频泛起波澜，唯可惜，老夫并非自由之身，空有雄心，却有心无力，而今老夫已快到花甲之年，若是再放弃这次机会，只怕此生便再无机会。"

段青云从没想过他会拒绝，所以他说的话、做的决定也早在意料之中，于是，段青云执起铁壶，亲自泡了第二泡茶，为两人各自斟满，然后率先举起紫砂杯，手腕抬了抬："那我就预先祝段伯心想事成。"

"是祝我们心想事成！"段伯说着，杯中热茶再次饮尽，落口却是微涩。

段青云站起，再开口，脸上种种表情已经悄然敛去："如此，你就等我消息吧，我还会来找你。"

"难道计划还未议定？"段伯眉毛皱了皱。

"此事非同小可，自然要细细筹划，到时，只怕还少不了你们的帮忙。"略沉吟下，段青云郑重道。

"非同小可？"段伯脸色肃然，"可比得上十年前……"

"段伯，我自会来找你。"段青云嘴角上扬，及时打断了老者的话。

"是。"段伯立即不再多言，垂眸敛目肃立于旁，神色也变得沉静无波。

段青云正要告辞，却听竹扉外突然多了些动静，有人推开院门而入，却是一位身材娇小的白衣少年。他进了门，便立即被院中的竹丛吸引，怔怔地立在竹丛前好久，一动不动，仿若那丛稀稀拉拉的竹子就是他世界的全部。而他身上那件宽大的白色衣袍穿在身上并不合适，那副松松垮垮的样子，一看就不是他自己的衣服。

端和公主！她怎么来了？

段青云微微一怔。

午后的阳光照在竹子上，就像是在翠玉上滚了一层鎏金，乃是这竹丛在一天中最好看的时候，而从竹叶上反射的金光映在她的肩头，照亮她衣袍上金线攒成的花纹，却也为她微侧的脸颊镶上一层金色的轮廓。

端和看着竹丛挪不开眼，而她颊旁那恰到好处的金光也让青年挪不开眼，他隐隐想起，仿佛在若干年前，有人也让他这样看得目不转睛过。不过那时，他的心中满是崇拜，希望有朝一日，自己能成为他那样的人，而那时，那人面前的并不是简陋的竹丛，而是漫山遍野的竹林。

看到来了客人，段伯连忙给了段青云一个眼色，自去院子里招呼，而等他带着端和进屋的时候，竹榻上早已不见段青云的踪影，段伯自是以为他已经离去。

不过段伯想错了，段青云根本就没有离开，而是躲在了窗外、院子的矮墙之后，而他这个位置，不但可以透过窗子看到屋子里的情形，院里的一切也能尽收眼底。

他看到了端和小心翼翼地将书本放在靠里的桌角，远离了那对极易惹祸的壶碗，看到了她看书时，时而蹙眉沉思，时而展眉微笑，时而又用指节轻轻地叩击桌面，应该是欣赏着书中的某一段话甚或是精彩之处。

当然了，他也看到了穿着蓝袍的闵江闵大世子气势汹汹地闯入院中，进入屋内，又蛮不讲理地非要进入静思之地，坐在她斜对面的那张桌子上……

而这时，当他看到闵大世子在所有的要求都得偿所愿后，非但没有扬眉展颜，反而眉头越皱越紧时，段青云真的差点儿笑出了声。

呵，所谓的天之骄子也不过如此，若是对他视若无睹，他便受不了了，这若是他们两人易地而处，也不知道他会露出一副什么样的嘴脸来……

突然，段青云心中一凛，连忙向墙角处的阴影闪去，却是屋子里的闵大世子不知怎的突然看向窗外，看向他自以为隐蔽的藏身之处。不过好在，他所藏之处乃是院子的死角，他又及时发觉，纵然他突然投过来的视线犀利如电，终究还是没有捕捉到他的任何行迹。

但即便如此，段青云还是警醒起来，深知自己大意下差点儿坏了大事。闵江虽未见过他的真实样貌，只是远远瞅了他的背影一眼，到最后也没有追上他，但他的眼神不是一般好，他必须格外小心才是，不然的话，他弹弹珠的功夫也不会冠绝整个南临城了。

而此时此地，他若是出现在这里，即便闵江认不出他来，也绝对会被怀疑，他这一个多月来为摆脱闵江的追踪耗费的苦心便白费了，闵江也势必会再次紧咬住他不

放，那可真是一件特别麻烦的事情。

虽然他自信自己最后仍旧会甩开闵江，但有些事情就不方便做了，且会后患无穷。

段青云决定立即离去，只是刚要离开，却听屋子里突然传来杯壶碰撞的声音，这让他又驻足留了一留。这次他找了一个更隐蔽的角落向屋里看去，却见闵大世子竟然故意用壶嘴磕碰了杯子几下，而眼睛却一眨不眨地看着对面的端和，那副想让她往他这里瞧一眼的别扭样子，实在是太不像那日在他身后紧追不舍的金甲小将。

只可惜，端和仍旧没有抬头，却引来了段伯，段伯皱着眉来到他的身旁："公子，老夫已经对您说过了……"

不等段伯的话说完，闵江便撇着嘴抗议道："没有茶点也就算了，难道咱们没有更好的茶了吗？我多付银子还不行？"

段伯似乎被气到了，斩钉截铁道："没有，小店只有这种茶，若是公子喝不惯，自管离去即可。"

"谁说的，我刚进门的时候就闻到了上好的普洱，先生别藏着了，给我拿些来吧，只给我这些粗茶，实在不是待客之道吧？"

"没有就是没有，即便有也是客人自己带来的。小店简陋，公子若是喝不惯小店的茶，就请自便吧！"

段青云从未见段伯被人气成如此模样，心中猜测，这大概才是段伯本身的真性情。而段伯在他面前的时候，要么以长者自尊，要么以家仆自贱，正如刚才自己让他履行承诺时前后截然不同的态度。

也许，等段伯有朝一日完成同父亲的约定之后，才会像对这个人一样对他吧……

不过，也许还会远远地躲开，再也不肯见他……

屋内的争执终究还是没有结果，段伯回到柜台，而闵大世子也不再闹着换茶，可即便经过此番折腾，端和竟然仍旧是头也不抬，自顾自读她的书去，于是，一丝挫败感从闵大世子的脸上闪过，最后只得百无聊赖地看着另一边的窗外发起呆来。

段青云的脑中灵光一闪，原本毫无头绪的计划突然有了眉目，他看向屋子里相对而坐的两人，嘴角向上扬了扬……或许，他应该加一把火……

夕阳西斜，闵大世子和端和公主先后离去，段青云将他们之间一下午的种种别扭尽收眼底，这也更让他认定了心中的谋划。

送走客人，段伯立即将院门关紧闩好，而他也重新坐回到竹榻之上。看到他再次出现，段伯半点儿惊讶都没有，只是皱着眉道："你竟然待了一下午？"

"段伯。"段青云微笑,"我觉得刚才托付你的事情,咱们可以好好聊聊了。"

"你有了计划?"段伯脸上闪过诧色,"这才过了几个时辰,你就有了?"

刚才他还说要细细筹谋,怎么转眼就有了计划?

段伯脸色一沉……难道,同刚刚来过的那两人有关?

"的确有了。"段青云笑了笑,"薪火者,近之则暖,触之则焚。段伯,我要烧一把火。"

段伯一脸郑重,低声道:"这会儿不是谈话的时候,今晚子时你再来,我也有些事要办,有些人要通知……"

"好,那就今晚子时!"

段青云说着,起身就要离开,却被段伯再次拦住,他瞅了眼院墙,低声道:"我先离开,如若无事,你再翻墙离开。"

段青云离开的时候天色已然擦黑,可他刚刚翻过院墙,却再次看到了端和,虽不知她为何去而复返,可看她脸上的表情,显然对已经上锁的院门失望至极。

段青云心下奇怪,决定跟她一段路程,看看她到底想要做什么,可是跟了没一会儿他突然发现,还有另一个人竟然也悄悄跟在她的后面,正是刚刚一怒之下拂袖离去的闵江。

虽然对方还未发现他,段青云却知,此时若是自己再继续跟下去,被闵江发现的危险很大,最理智的做法就是立即离开。而端和所走的这条路,很明显是回岭南王府的路,她的目的地自然也很明确,他也没必要再跟。

只是不知怎的,段青云虽然这样想着,等发觉时竟已经跟出了很长一段距离,他远远地缀在他们的身后,远远地瞅着他们沿着已经越发安静的道路往回走……

段青云就这么远远地瞅着他们,心中却产生了一种异样的感觉,觉得自己无聊得好似杂耍班的丑角一般,他们若是知晓,一定会笑他愚蠢吧。

就这样,他眼瞅着端和被那个无赖拉进小巷,眼瞅着闵江冲进去救人,然后又拉着她快速跑开,直到最后,他们似乎闹了什么别扭,一前一后地走着,默不作声地走着,直到走到岭南王府门前,直到闵江悄悄离去……

这一路,段青云只记得闵江身上的银色云纹与端和身上的金色花纹在月光和星光下交相辉映,虽然反射出的光芒微弱得可以忽略不计,却让他眼花缭乱,甚或连带着心也浮躁起来。

他的身上没有金线,没有银线,没有云纹,更没有璀璨绚烂的光,有的只是一身的青衣和头上的竹笠，他什么都没有，即便他以前曾经拥有过这些，可如今，他却早已不再向往。

段青云的脸色冷了下来，直到岭南王府大门重新紧闭，门口再次归于沉寂，他才静悄悄地离开。

回去的路上，他突然意识到自己不该就这么一直在旁边看着他们，既然他打算烧这把火，那就干脆烧个彻彻底底，远远地掷出一两支火把，又怎及他亲自靠近亲手点燃来得酣畅淋漓？

子时刚过，段青云便重新返回金玉阁，而这个时候，早有一屋子的人在等着他，看到众人或期待或疑惑的眼光，他的脸上满是信心。

进屋后，他扫视了全场一眼，第一句话便说道："各位，在下想烧一把火，不知各位可愿为在下拾柴添薪否？"

太阳落山前，段青云已经先于车队到达一处古朴的山门外，他叩响山门，立即有一小童为他打开了大门。

他对小童拱了拱手，递上一个信封，彬彬有礼地说道："学生段青云，这是家叔为学生写的推荐信！"

小童捏了捏信封，却并不打开，而是点了点头："姓段是吗？夫子已经知会过了，跟我进来吧！"

说完，小童转身往山门里面走去，段青云急忙跟着他进入了门中。

在踏过门槛那刻，段青云转头又看了眼通往此地的山路，顺道瞥了眼快要沉下的斜阳，却见彤云似火，晚霞如胭，正仿若漫天大火燃着了半边天……

十二花信·霓裳风华录

十二花语巧隐暗喻，十二少女绝技傍身

《白茶篇：凰命难违》

她宛若白茶花，外在灵动，内在慧黠，
假冒将军府之女入宫伴驾，
欲携神秘力量助失宠皇子重回巅峰，
冒牌千金斗破苍穹，演绎另类红颜传奇！

《木棉篇：倾世医妃》

她正如一朵木棉，
外表艳丽火热，内心却宁静淡然。
虚实交织的梦境与现实，危机丛生的
清冷王府，真实身份究竟要如何隐藏？
一位医者仁心的"王妃"，势必要与命运正面较量。

《芙蓉篇》《鸢尾篇》《海棠篇》陆续上市，花香满溢，传奇再续！

意林·轻文库"恋之水晶"系列励志青春偶像剧

指尖花凉
忆成殇

 年华如花 × ·唯美绽放

 为你讲述一段被眼泪与梦想灌溉的成长故事!

异国梦碎,苏瑾重返故土,
然而物是人非,
杨晏然的突然出现令顾铮濒临崩溃,
多年的等候难道只是一声叹息?

相伴走过整个青春的少年,
你是否还会等在原地,温暖如初?

梅吉

多年沉淀,娓娓道来,
叩响你心底关于青春的无限追忆。

暖心分享价
25.80 元

意林·轻文库 /心/动/策/划/　"星梦男神"青春大系列

十二款超梦幻花样美男，款款悸动你的心！

《巨蟹座男友·八音霓裳①》

他是古风音乐圈大神，
也是计算机系男神。
他坚定、忠诚，目光只为她而闪耀。

**他是温暖专一的巨蟹座，
等你来签收！**

《天秤座男友·观花魅影①》

他是街头魔术师，也是私人影院老板。
他温和、内敛，将满心爱意深藏。

**他是优雅神秘的天秤座，
拨动你的心弦！**

《水瓶座男友·仲夏骊歌①》

他是能源司指挥官，也是大学科学教授。
他儒雅、寡言，默默守护身畔。

**他是冷峻多变的水瓶座，
与你浪漫邂逅！**

超值
收藏价
25.90元

随书附赠：珍藏版"十二星梦男神卡"一张（双面全彩）
即将出版：《射手座男友·绮罗星辰》《双子座男友·命运指轮》
《狮子座男友·太阳青穹》
步履不停，壮观来袭！（书名以实际出版为准）